昭明文選卷三十一

【雜擬下】

效曹子建樂府白馬篇一首（五言）　袁陽源

劍騎何翩翩，長安五陵間。秦地天下樞，八方湊才賢。荆魏多壯士，宛洛富少年。意氣深自負，肯事郡邑權。籍籍關外來，車徒傾國鄽。五侯競書幣，群公亟爲言。義分明於霜，信行直如弦。交歡池陽下，留宴汾陰西。一朝許人諾，何能坐相捐？彯節去函谷，投珮出甘泉。嗟此務遠圖，心爲四海懸。但營身意遂，豈校耳目前？俠烈良有聞，古來共知然。

效古一首（五言）　袁陽源

訊此倦遊士，本家自遼東。昔隸李將軍，十載事西戎。結車高闕下，極望見雲中。四面各千里，從横起嚴風。寒燠豈如節，霜雨多異同。夕寐北河陰，夢還甘泉宮。勤役未云已，壯年徒爲空。廼知古時人，所以悲轉蓬。

擬古二首（五言）　劉休玄

擬行行重行行

眇眇陵長道，遥遥行遠之。迴車背京里，揮手從此辭。堂上流塵生，庭中緑草滋。寒螿翔水曲，秋兔依山基。芳年有華月，佳人無還期。日夕涼風起，對酒長相思。悲發江南調，憂委子襟詩。卧覺明燈晦，坐見輕紈緇。淚容不可飾，幽鏡難復治。願垂薄暮景，照妾桑榆時。

擬明月何皎皎

落宿半遥城，浮雲藹曾闕。玉宇來清風，羅帳延秋月。結思想伊人，沈憂懷明發。誰爲客行久，屢見流芳歇。河廣川無梁，山高路難越。

和琅邪王依古一首（五言）　王僧達

少年好馳俠，旅宦遊關源。既踐終古跡，聊訊興亡言。隆周爲藪澤，皇漢成山樊。久沒離宮地，安識壽陵園？仲秋邊風起，孤蓬卷霜根。白日無精景，黄沙千里昏。顯軌莫殊轍，幽塗豈異魂？聖賢良已矣，抱命復何怨！

擬古三首（五言）

鮑明遠

幽并重騎射，少年好馳逐。氈帶佩雙鞬，象弧插彫服。獸肥春草短，飛鞚越平陸。朝遊鴈門上，暮還樓煩宿。石梁有餘勁，驚雀無全目。漢虜方未和，邊城屢翻覆。留我一白羽，將以分虎竹。

魯客事楚王，懷金襲丹素。既荷主人恩，又蒙令尹顧。日晏罷朝歸，鞍馬塞衢路。宗黨生光華，賓僕遠傾慕。富貴人所欲，道德亦何懼？南國有儒生，迷方獨淪誤。伐木青江湄，設置守毚兔。

十五諷詩書，篇翰靡不通。弱冠參多士，飛步遊秦宮。側覩君子論，預見古人風。兩說窮舌端，五車摧筆鋒。羞當白璧貺，恥受聊城功。晚節從世務，乘障遠和戎。解佩襲犀渠，卷袠奉盧弓。始願力不及，安知今所終？

學劉公幹體一首（五言）

鮑明遠

胡風吹朔雪，千里度龍山。集君瑤臺裏，飛舞兩楹前。玆辰自爲美，當避豔陽年。豔陽桃李節，皎潔不成妍。

代君子有所思一首（五言）

鮑明遠

西出登雀臺，東下望雲闕。層閣肅天居，馳道直如髮。繡甍結飛霞，琁題納行月。築山擬蓬壺，穿池類溟渤。選色遍齊代，徵聲帀卬越。陳鍾陪夕讌，笙歌待明發。年貌不可還，身意會盈歇。蟻壤漏山河，絲淚毀金骨。器惡含滿欹，物忌厚生沒。智哉衆多士，服理辯昭昧。

效古一首（五言）

范彥龍

寒沙四面平，飛雪千里驚。風斷陰山樹，霧失交河城。朝馳左賢陣，夜薄休屠營。昔事前軍幕，今逐嫖姚兵。失道刑既重，遲留法未輕。所賴今天子，漢道日休明。

雜體詩三十首（五言）

江文通

古離別

遠與君別者，乃至鴈門關。黃雲蔽千里，遊子何時還？送君如昨日，簷前露已團。不惜蕙草晚，所悲道里寒。君在天一涯，妾身長別離。願一見顏色，不異瓊樹

枝。兔絲及水萍，所寄終不移。

李都尉　陵

樽酒送征人，踟躕在親宴。日暮浮雲滋，握手淚如霰。悠悠清川水，嘉魴得所薦。而我在萬里，結髮不相見。袖中有短書，願寄雙飛燕。

班婕妤

紈扇如圓月，出自機中素。畫作秦王女，乘鸞向煙霧。采色世所重，雖新不代故。竊愁涼風至，吹我玉階樹。君子恩未畢，零落在中路。

魏文帝　曹丕

置酒坐飛閣，逍遙臨華池。神飆自遠至，左右芙蓉披。綠竹夾清水，秋蘭被幽涯。月出照園中，冠珮相追隨。客從南楚來，爲我吹參差。淵魚猶伏浦，聽者未云疲。高文一何綺，小儒安足爲？肅肅廣殿陰，雀聲愁北林。衆賓還城邑，何以慰吾心？

陳思王　曹植

君王禮英賢，不悋千金璧。雙闕指馳道，朱宮羅第宅。從容冰井臺，清池映華薄。涼風蕩芳氣，碧樹先秋落。朝與佳人期，日夕望青閣。褰裳摘明珠，徙倚拾蕙若。眷我二三子，辭義麗金雘。延陵輕寶劍，季布重然諾。處富不忘貧，有道在葵藿。

劉文學　楨

蒼蒼中山桂，團圓霜露色。霜露一何緊？桂枝生自直。橘柚在南國，因君爲羽翼。謬蒙聖主私，託身文墨職。丹采既已過，敢不自彫飾。華月照方池，列坐金殿側。微臣固受賜，鴻恩良未測。

王侍中　粲

伊昔值世亂，秣馬辭帝京。既傷蔓草別，方知杕杜情。崤函復丘墟，冀闕緬縱橫。倚棹汎涇渭，日暮山河清。蟋蟀依桑野，嚴風吹若莖。鸛鵠在幽草，客子淚已零。去鄉三十載，幸遭天下平。賢主降嘉賞，金貂服玄纓。侍宴出河曲，飛蓋遊鄴

城。朝露竟幾何，忽如水上萍。君子篤惠義，柯葉終不傾。福履既所綏，千載垂令名。

嵇中散　康

曰余不師訓，潛志去世塵。遠想出宏域，高步超常倫。靈鳳振羽儀，戢景西海濵。朝食琅玕實，夕飲玉池津。處順故無累，養德乃入神。曠哉宇宙惠，雲羅更四陳。哲人貴識義，大雅明庇身。莊生悟無爲，老氏守其真。天下皆得一，名實久相賓。咸池饗爰居，鍾鼓或愁辛。柳惠善直道，孫登庶知人。寫懷良未遠，感贈以書紳。

阮步兵　籍

青鳥海上遊，鸒斯蒿下飛。沈浮不相宜，羽翼各有歸。飄颻可終年，沆瀁安是非？朝雲乘變化，光耀世所希。精衛銜木石，誰能測幽微？

張司空　華

秋月照簾籠，懸光入丹墀。佳人撫鳴琴，清夜守空帷。蘭逕少行迹，玉臺生網

絲。庭樹發紅彩，閨草含碧滋。延佇整綾綺，萬里贈所思。願垂湛露惠，信我皎日期。

潘黃門　岳

青春速天機，素秋馳白日。美人歸重泉，悽愴無終畢。殯宮已肅清，松柏轉蕭瑟。俯仰未能弭，尋念非但一。撫襟悼寂寞，悅然若有失。明月入綺窗，髣髴想蕙質。消憂非萱草，永懷寧夢寐。夢寐復冥冥，何由覿爾形。我慙北海術，爾無帝女靈。駕言出遠山，徘徊泣松銘。雨絶無還雲，華落豈留英。日月方代序，寢興何時平！

陸平原　機

儲后降嘉命，恩紀被微身。明發眷桑梓，永歎懷密親。流念辭南澨，銜怨別西津。驅馬遵淮泗，旦夕見梁陳。服義追上列，矯迹厠宮臣。朱黻咸髦士，長纓皆俊人。契闊承華內，綢繆踰歲年。日暮聊揔駕，逍遥觀洛川。徂沒多拱木，宿草淩寒煙。遊子易感慨，躑躅還自憐。願言寄三鳥，離思非徒然。

左記室 思

韓公淪賣藥，梅生隱市門。百年信荏苒，何用苦心魂？當學衛霍將，建功在河源。珪組賢君眄，青紫明主恩。終軍才始達，賈誼位方尊。金張服貂冕，許史乘華軒。王侯貴片議，公卿重一言。太平多歡娛，飛蓋東都門。顧念張仲蔚，蓬蒿滿中園。

張黃門 協

丹霞蔽陽景，綠泉涌陰渚。水鸖巢層甍，山雲潤柱礎。有弇興春節，愁霖貫秋序。燮燮涼葉奪，戾戾飇風舉。高談玩四時，索居慕疇侶。青苔日夜黃，芳蕤成宿楚。歲暮百慮交，無以慰延佇。

劉太尉 琨

皇晉遘陽九，天下橫雰霧。秦趙值薄蝕，幽并逢虎據。伊余荷寵靈，感激殉馳騖。雖無六奇術，冀與張韓遇。甯戚扣角歌，桓公遭乃舉。荀息冒險難，實以忠貞故。空令日月逝，愧無古人度。飲馬出城濠，北望沙漠路。千里何蕭條，白日隱寒樹。投袂既憤懣，撫枕懷百慮。功名惜未立，玄髮已改素。時或苟有會，治亂惟冥數。

盧中郎 諶

大厦須異材，廊廟非庸器。英俊著世功，多士濟斯位。眷顧成綢繆，廼與時髦匹。姻媾久不虛，契闊豈但一？逢厄既已同，處危非所恤。常慕先達槩，觀古論得失。馬服爲趙將，疆場得清謐。信陵佩魏印，秦兵不敢出。慨無幄中策，徒慙素絲質。羇旅去舊鄉，感遇喻琴瑟。自顧非杞梓，勉力在無逸。更以畏友朋，濫吹乖名實。

郭弘農 璞

崦山多靈草，海濱饒奇石。偃蹇尋青雲，隱淪駐精魄。道人讀丹經，方士鍊玉液。朱霞入窻牖，曜靈照空隙。傲睨摘木芝，凌波采水碧。眇然萬里遊，矯掌望煙客。永得安期術，豈愁濛汜迫。

張廷尉　綽

太素既已分，吹萬著形兆。寂動苟有源，因謂殤子夭。道喪涉千載，津梁誰能了？思乘扶搖翰，卓然凌風矯。靜觀尺棰義，理足未常少。冏冏秋月明，憑軒詠堯老。浪迹無蚩妍，然後君子道。領略歸一致，南山有綺皓。交臂久變化，傳火迺薪草。亹亹玄思清，胸中去機巧。物我俱忘懷，可以狎鷗鳥。

許徵君　詢

張子闇內機，單生蔽外像。一時排冥筌，泠然空中賞。遣此弱喪情，資神任獨往。採藥白雲隈，聊以肆所養。丹葩耀芳蕤，綠竹蔭閑敞。苕苕寄意勝，不覺陵虛上。曲櫺激鮮飇，石室有幽響。去矣從所欲，得失非外奬。至哉操斤客，重明固已朗。五難既灑落，超迹絕塵網。

殷東陽　仲文

晨遊任所萃，悠悠蘊真趣。雲天亦遼亮，時與賞心遇。青松挺秀萼，惠色出喬樹。極眺清波深，緬映石壁素。瑩情無餘滓，拂衣釋塵務。求仁既自我，玄風豈外慕？直置忘所宰，蕭散得遺慮。

謝僕射　混

信矣勞物化，憂襟未能整。薄言遵郊衢，揔轡出臺省。淒淒節序高，寥寥心悟永。時菊耀巖阿，雲霞冠秋嶺。眷然惜良辰，徘徊踐落景。卷舒雖萬緒，動復歸有靜。曾是迫桑榆，歲暮從所秉。舟壑不可攀，忘懷寄匠郢。

陶徵君　潛

種苗在東皐，苗生滿阡陌。雖有荷鋤倦，濁酒聊自適。日暮巾柴車，路闇光已夕。歸人望煙火，稚子候檐隙。問君亦何爲？百年會有役。但願桑麻成，蠶月得紡績。素心正如此，開逕望三益。

謝臨川　靈運

江海經邅迴，山嶠備盈缺。靈境信淹留，賞心非徒設。平明登雲峯，杳與廬霍絕。碧鄣長周流，金潭恒澄澈。桐林帶晨霞，石壁映初晰。乳竇既滴瀝，丹井復寥泬。嵒崿轉奇秀，岑崟還相蔽。赤玉隱瑤溪，雲錦被沙汭。夜聞猩猩啼，朝見鼯鼠

逝。南中氣候暖，朱華凌白雪。幸遊建德鄉，觀奇經禹穴。身名竟誰辯？圖史終磨滅。且汎桂水潮，映月遊海澨。攝生貴處順，將爲智者說。

顏特進　延之

太微凝帝宇，瑤光正神縣。揆日粲書史，相都麗聞見。列漢構仙宮，開天制寶殿。桂棟留夏飈，蘭橑停冬霰。青林結冥濛，丹巘被蔥蒨。山雲備卿藹，池卉具靈變。重陽集清氣，下輦降玄宴。鶩望分寰隧，矖目盡都甸。氣生川岳陰，煙滅淮海見。中坐溢朱組，步櫩簉瓊弁。禮登訏睿情，樂闋延皇眄。測恩躋踰逸，沿牒懵浮賤。榮重餽兼金，巡華過盈瑱。敢飾輿人詠，方慙綠水薦。

謝法曹　惠連

昨發赤亭渚，今宿浦陽汭。方作雲峯異，豈伊千里別。芳塵未歇席，涔淚猶在袂。停艫望極浦，弭棹阻風雪。風雪既經時，夜永起懷思。汎濫北湖遊，岧亭南樓期。點翰詠新賞，開袠瑩所疑。摘芳愛氣馥，拾蘂憐色滋。色滋畏沃若，人事亦銷鑠。子衿怨勿往，谷風誚輕薄。共秉延州信，無慙仲路諾。靈芝望三秀，孤筠情所託。所託已慇懃，祇足攪懷人。今行嶀嵊外，銜思至海濱。覿子杳未僝，款睇在何辰？雜珮雖可贈，疏華竟無陳。無陳心悁勞，旅人豈遊遨？幸及風雪霽，青春滿江皐。解纜候前侶，還望方鬱陶。煙景若離遠，末響寄瓊瑤。

王徵君　微

窈藹瀟湘空，翠磵澹無滋。寂歷百草晦，欻吸鵾鷄悲。清陰往來遠，月華散前墀。鍊藥矚虛幌，汎瑟卧遙帷。水碧驗未黷，金膏靈詎緇。北渚有帝子，蕩瀁不可期。悵然山中暮，懷痾屬此詩。

袁太尉　淑

宮廟禮哀敬，枌邑道嚴玄。恭絜由明祀，肅駕在祈年。詔徒登季月，戒鳳藻行川。雲旆象漢徙，宸網擬星懸。朱櫂麗寒渚，金鍐映秋山。羽衛藹流景，綵吹震沈淵。辯詩測京國，履籍鑑都壥。旼謠響玉律，邑頌被丹絃。文軫薄桂海，聲教燭冰天。和惠頒上笏，恩渥浹下筵。幸侍觀洛後，豈慕巡河前？服義方無沫，展歌殊未宜。

謝光祿　莊

肅舲出郊際，徙樂逗江陰。翠山方藹藹，青浦正沈沈。凉葉照沙嶼，秋榮冒水潯。風散松架險，雲鬱石道深。靜默鏡緜野，四睇亂曾岑。氣清知鴈引，露華識猨音。雲裝信解黻，煙駕可辭金。始整丹泉術，終覿紫芳心。行光自容裔，無使弱思侵。

鮑參軍　昭

豪士枉尺璧，宵人重恩光。殉義非爲利，執羈輕去鄉。孟冬郊祀月，殺氣起嚴霜。戎馬粟不煖，軍士冰爲漿。晨上成皋坂，磧礫皆羊腸。寒陰籠白日，太谷晦蒼蒼。息徒稅征駕，倚劍臨八荒。鶤鳴不能飛，玄武伏川梁。鎩翮由時至，感物聊自傷。竪儒守一經，未足識行藏。

休上人

西北秋風至，楚客心悠哉。日暮碧雲合，佳人殊未來。露采方汎豔，月華始徘徊。寶書爲君掩，瑤琴詎能開？相思巫山渚，悵望陽雲臺。膏鑪絶沈燎，綺席生浮埃。桂水日千里，因之平生懷。

昭明文選卷三十二

【騷上】

離騷經一首

屈平

帝高陽之苗裔兮，朕皇考曰伯庸。攝提貞于孟陬兮，惟庚寅吾以降。皇覽揆余于初度兮，肇錫余以嘉名。名余曰正則兮，字余曰靈均。

紛吾既有此內美兮，又重之以脩能。扈江離與辟芷兮，紉秋蘭以爲佩。汩余若將不及兮，恐年歲之不吾與。朝搴阰之木蘭兮，夕攬洲之宿莽。日月忽其不淹兮，春與秋其代序。惟草木之零落兮，恐美人之遲暮。不撫壯而棄穢兮，何不改此度也？乘騏驥以馳騁兮，來吾導夫先路！

昔三后之純粹兮，固衆芳之所在。雜申椒與菌桂兮，豈維紉夫蕙茝？彼堯舜之耿介兮，既遵道而得路。何桀紂之昌披兮，夫唯捷徑以窘步！惟黨人之偷樂兮，路幽昧以險隘。豈余身之憚殃兮，恐皇輿之敗績。忽奔走以先後兮，及前王之踵

武。荃不察余之忠情兮，反信讒而齊怒。余固知謇謇之爲患兮，忍而不能舍也。指九天以爲正兮，夫唯靈脩之故也。初既與余成言兮，後悔遁而有他。余既不難離別兮，傷靈脩之數化。

余既滋蘭之九畹兮，又樹蕙之百畝。畦留夷與揭車兮，雜杜衡與芳芷。冀枝葉之峻茂兮，願竢時乎吾將刈。雖萎絕其亦何傷兮，哀衆芳之蕪穢。

衆皆競進以貪婪兮，憑不厭乎求索。羌內恕己以量人兮，各興心而嫉妬。忽馳騖以追逐兮，非余心之所急。老冉冉其將至兮，恐脩名之不立。朝飲木蘭之墜露兮，夕飡秋菊之落英。苟余情其信姱以練要兮，長顑頷亦何傷。擥木根以結茝兮，貫薜荔之落蘂。矯菌桂以紉蕙兮，索胡繩之纚纚。謇吾法夫前脩兮，非時俗之所服。雖不周於今之人兮，願依彭咸之遺則。長太息以掩涕兮，哀人生之多艱。余雖好脩姱以鞿羈兮，謇朝誶而夕替。既替余以蕙纕兮，又申之以攬茝。亦余心之所善兮，雖九死其猶未悔。怨靈脩之浩蕩兮，終不察夫人心。衆女嫉余之娥眉兮，謠諑謂余以善淫。固時俗之工巧兮，偭規矩而改錯。背繩墨以追曲兮，競周容以爲度。

忳鬱邑余侘傺兮，吾獨窮困乎此時也！寧溘死以流亡兮，余不忍爲此態也！鷙鳥之不群兮，自前代而固然。何方圓之能周兮，夫孰異道而相安！屈心而抑志兮，忍尤而攘詬。伏清白以死直兮，固前聖之所厚。

悔相道之不察兮，延佇乎吾將反。迴朕車以復路兮，及行迷之未遠。步余馬於蘭皐兮，馳椒丘且焉止息。進不入以離尤兮，退將復脩吾初服。製芰荷以爲衣兮，集芙蓉以爲裳。不吾知其亦已兮，苟余情其信芳。高余冠之岌岌兮，長余佩之陸離。芳與澤其雜糅兮，唯昭質其猶未虧。忽反顧以遊目兮，將往觀乎四荒。佩繽紛其繁飾兮，芳菲菲其彌章。人生各有所樂兮，余獨好脩以爲常。雖體解吾猶未變兮，豈余心之可懲。

女嬃之嬋媛兮，申申其詈予。曰鮌婞直以亡身兮，終然夭乎羽之野。汝何愽謇而好脩兮，紛獨有此姱節？薋菉葹以盈室兮，判獨離而不服。衆不可户說兮，孰云察余之中情！世並舉而好朋兮，夫何煢獨而不予聽！

依前聖之節中兮，喟憑心而歷茲。濟沅湘以南征兮，就重華而陳詞。啓九辯與九歌兮，夏康娛以自縱。不顧難以圖後兮，五子用失乎家巷。羿淫遊以佚田兮，又好射夫封狐。固亂流其鮮終兮，浞又貪夫厥家。澆身被服強圉兮，縱欲而不忍。日康娛而自忘兮，厥首用夫顛隕。夏桀之常違兮，乃遂焉而逢殃。后辛之菹醢兮，殷宗用而不長。湯禹嚴而祇敬兮，周論道而莫差。舉賢而授能兮，脩繩墨而不陂。皇天無私阿兮，覽人德焉錯輔。夫維聖哲以茂行兮，苟得用此下土。瞻前而顧後兮，相觀人之計極。夫孰非義而可用兮，孰非善而可服。阽余身而危死兮，覽余初其猶未悔。不量鑿而正枘兮，固前脩以菹醢。曾歔欷余鬱邑兮，哀朕時之不當。攬茹蕙以掩涕兮，霑余襟之浪浪。

跪敷衽以陳詞兮，耿吾既得此中正。駟玉虬以乘鷖兮，溘埃風余上征。朝發軔於蒼梧兮，夕余至乎縣圃。欲少留此靈瑣兮，日忽忽其將暮。吾令羲和弭節兮，望崦嵫而勿迫。路曼曼其脩遠兮，吾將上下而求索。飲余馬於咸池兮，揔余轡乎扶桑。折若木以拂日兮，聊須臾以相羊。前望舒使先驅兮，後飛廉使奔屬。鸞皇爲余先戒兮，雷師告余以未具。吾令鳳皇飛騰兮，又繼之以日夜。飄風屯其相離兮，帥

雲霓而來御。紛總總其離合兮，班陸離其上下。吾令帝閽開關兮，倚閶闔而望予。時曖曖其將罷兮，結幽蘭而延佇。世溷濁而不分兮，好蔽美而嫉妬。

朝吾將濟於白水兮，登閬風而緤馬。忽反顧以流涕兮，哀高丘之無女。溘吾遊此春宮兮，折瓊枝以繼佩。及榮華之未落兮，相下女之可詒。吾令豐隆乘雲兮，求宓妃之所在。解佩纕以結言兮，吾令蹇脩以爲理。紛總總其離合兮，忽緯繣其難遷。夕歸次於窮石兮，朝濯髮乎洧盤。保厥美以驕傲兮，日康娛以淫遊。雖信美而無禮兮，來違弃而改求。覽相觀於四極兮，周流乎天余乃下。望瑤臺之偃蹇兮，見有娀之佚女。吾令鴆爲媒兮，鴆告余以不好。雄鳩之鳴逝兮，余猶惡其佻巧。心猶豫而狐疑兮，欲自適而不可。鳳皇既受詒兮，恐高辛之先我。欲遠集而無所止兮，聊浮遊以逍遙。及少康之未家兮，留有虞之二姚。理弱而媒拙兮，恐導言之不固。時溷濁而嫉賢兮，好蔽美而稱惡。閨中既邃遠兮，哲王又不寤。懷朕情而不發兮，余焉能忍與此終古！

索瓊茅以筳篿兮，命靈氛爲余占之。曰兩美其必合兮，孰信脩而慕之？思九

州之博大兮，豈唯是其有女？曰勉遠逝而無疑兮，孰求美而釋女？何所獨無芳草兮，爾何懷乎故宇？時幽昧以眩曜兮，孰云察余之美惡？人好惡其不同兮，惟此黨人其獨異。户服艾以盈要兮，謂幽蘭其不可佩。覽察草木其猶未得兮，豈珵美之能當？蘇糞壤以充幃兮，謂申椒其不芳。

欲從靈氛之吉占兮，心猶豫而狐疑。巫咸將夕降兮，懷椒糈而要之。百神翳其備降兮，九疑繽其並迎。皇剡剡其揚靈兮，告余以吉故。曰勉升降以上下兮，求矩矱之所同。湯禹儼而求合兮，摯皐繇而能調。苟中情其好脩兮，何必用夫行媒。說操築於傅巖兮，武丁用而不疑。呂望之鼓刀兮，遭周文而得舉。甯戚之謳歌兮，齊桓聞以該輔。及年歲之未晏兮，時亦猶其未央。恐鵜鴂之先鳴兮，使百草爲之不芳。

何瓊佩之偃蹇兮，衆薆然而蔽之。惟此黨人之不亮兮，恐嫉妬而折之。時繽紛其變易兮，又何可以淹留！蘭芷變而不芳兮，荃蕙化而爲茅。何昔日之芳草兮，今直爲此蕭艾也。豈其有他故兮，莫好脩之害也。余以蘭爲可恃兮，羌無實而容長。

委厥美以從俗兮，苟得引乎衆芳。椒專佞以慢謟兮，樧又欲充其佩幃。既干進而務入兮，又何芳之能祗？固時俗之從流兮，又孰能無變化？覽椒蘭其若茲兮，又況揭車與江蘺。惟茲佩之可貴兮，委厥美而歷茲。芳菲菲而難虧兮，芬至今猶未沬。和調度以自娛兮，聊浮游而求女。及余飾之方壯兮，周流觀乎上下。

靈氛既告余以吉占兮，歷吉日乎吾將行。折瓊枝以爲羞兮，精瓊靡以爲粻。爲余駕飛龍兮，雜瑤象以爲車。何離心之可同兮，吾將遠逝以自疏。邅吾道夫崑崙兮，路脩遠以周流。揚雲霓之晻藹兮，鳴玉鸞之啾啾。朝發軔於天津兮，夕余至乎西極。鳳皇翼其承旂兮，高翺翔之翼翼。忽吾行此流沙兮，遵赤水而容與。麾蛟龍使梁津兮，詔西皇使涉予。路脩遠以多艱兮，騰衆車使徑待。路不周以左轉兮，指西海以爲期。屯余車其千乘兮，齊玉軑而並馳。駕八龍之婉婉兮，載雲旗之委移。抑志而弭節兮，神高馳之邈邈。奏九歌而舞韶兮，聊假日以媮樂。陟升皇之赫戲兮，忽臨睨夫舊鄉。僕夫悲余馬懷兮，蜷局顧而不行。

亂曰：已矣哉！國無人，莫我知兮，又何懷乎故都！既莫足與爲美政兮，吾將從彭咸之所居。

九歌四首

屈平

東皇太一

吉日兮辰良，穆將愉兮上皇。撫長劍兮玉珥，璆鏘鳴兮琳琅。瑤席兮玉瑱，盍將把兮瓊芳？蕙肴蒸兮蘭藉，奠桂酒兮椒漿。揚枹兮拊鼓，疏緩節兮安歌，陳竽瑟兮浩倡。靈偃蹇兮姣服，芳菲菲兮滿堂。五音紛兮繁會，君欣欣兮樂康。

雲中君

浴蘭湯兮沐芳，華采衣兮若英。靈連蜷兮既留，爛昭昭兮未央。蹇將憺兮壽宮，與日月兮齊光。龍駕兮帝服，聊翺游兮周章。靈皇皇兮既降，猋遠舉兮雲中。覽冀州兮有餘，橫四海兮焉窮。思夫君兮太息，極勞心兮𢥞𢥞。

湘君

君不行兮夷猶，蹇誰留兮中洲？美要眇兮宜脩，沛吾乘兮桂舟。令沅湘兮無波，使江水兮安流。望夫君兮歸來，吹參差兮誰思！駕飛龍兮北征，邅吾道兮洞

庭。薜荔拍兮蕙綢，承荃橈兮蘭旌。望涔陽兮極浦，橫大江兮揚靈。揚靈兮未極，女嬋媛兮爲余太息。橫流涕兮潺湲，隱思君兮陫側。桂櫂兮蘭枻，斲冰兮積雪。采薜荔兮水中，搴芙蓉兮木末。心不同兮媒勞，恩不甚兮輕絕！石瀨兮淺淺，飛龍兮翩翩。交不忠兮怨長，期不信兮告余以不閒。朝騁騖兮江皐，夕弭節兮北渚。鳥次兮屋上，水周兮堂下。捐余玦兮江中，遺余佩兮澧浦。采芳洲兮杜若，將以遺兮下女。時不可兮再得，聊逍遙兮容與。

湘夫人

帝子降兮北渚，目眇眇兮愁予。嫋嫋兮秋風，洞庭波兮木葉下。登白蘋兮騁望，與佳期兮夕張。鳥萃兮蘋中，罾何爲兮木上？沅有芷兮澧有蘭，思公子兮未敢言。慌忽兮遠望，觀流水兮潺湲。麋何爲兮庭中，蛟何爲兮水裔？朝馳余馬兮江皐，夕濟兮西澨。聞佳人兮召予，將騰駕兮偕逝。築室兮水中，葺之兮以荷蓋。荃壁兮紫壇，播芳椒兮成堂。桂棟兮蘭橑，辛夷楣兮葯房。罔薜荔兮爲帷，擗蕙櫋兮既張。白玉兮爲鎮，疏石蘭以爲芳。芷葺兮荷屋，繚之兮杜衡。合百草兮實庭，建芳馨兮廡門。九嶷繽兮並迎，靈之來兮如雲。捐余袂兮江中，遺余褋兮澧浦。搴汀洲兮杜若，將以遺兮遠者。時不可兮驟得，聊逍遙兮容與！

昭明文選卷三十三

【騷下】

九歌二首

屈平

少司命

秋蘭兮麋蕪，羅生兮堂下。緑葉兮素華，芳菲菲兮襲予。夫人自有兮美子，蓀何以兮愁苦！秋蘭兮青青，緑葉兮紫莖。滿堂兮美人，忽獨與余兮目成。入不言兮出不辭，乘回風兮載雲旗。悲莫悲兮生別離，樂莫樂兮新相知。荷衣兮蕙帶，儵而來兮忽而逝。夕宿兮帝郊，君誰須兮雲之際？與汝遊兮九河，衝飈起兮水揚波。與汝沐兮咸池，晞汝髮兮陽之阿。望美人兮未來，臨風怳兮浩歌。孔蓋兮翠旍，登九天兮撫彗星。竦長劍兮擁幼艾，荃獨宜兮爲民正。

山鬼

若有人兮山之阿，被薜荔兮帶女蘿。既含睇兮又宜笑，子慕予兮善窈窕。乘赤

豹兮從文貍，辛夷車兮結桂旗。被石蘭兮帶杜衡，折芳馨兮遺所思。余處幽篁兮終不見天，路險難兮獨後來。表獨立兮山之上，雲容容兮而在下。杳冥冥兮羌晝晦，東風飄兮神靈雨。留靈脩兮憺忘歸，歲既晏兮孰華予！采三秀兮於山間，石磊磊兮葛蔓蔓。怨公子兮悵忘歸，君思我兮不得閑。山中人兮芳杜若，飲石泉兮蔭松栢。君思我兮然疑作。雷填填兮雨冥冥，猨啾啾兮狖夜鳴。風颯颯兮木蕭蕭，思公子兮徒離憂。

九章一首

屈平

涉江

余幼好此奇服兮，年既老而不衰。帶長鋏之陸離兮，冠切雲之崔嵬。被明月兮佩寶璐，世溷濁而莫余知兮，吾方高馳而不顧。駕青虯兮驂白螭，吾與重華遊兮瑤之圃。登崑崙兮食玉英，與天地兮比壽，與日月兮齊光。哀南夷之莫吾知兮，旦余濟兮江湘。乘鄂渚而反顧兮，欸秋冬之緒風。步余馬兮山皐，邸余車兮方林。乘舲船余上沅兮，齊吳榜以擊汰。船容與而不進兮，淹回水而疑滯。朝發枉渚兮，夕宿

辰陽。苟余心其端直兮，雖僻遠之何傷！入漵浦余儃佪兮。迷不知吾之所如。深林杳以冥冥兮，乃猨狖之所居。山峻高以蔽日兮，下幽晦以多雨。霰雪紛其無垠兮，雲霏霏而承宇。哀吾生之無樂兮，幽獨處乎山中。吾不能變心而從俗兮，固將愁苦而終窮。接輿髡首兮，桑扈臝行。忠不必用兮，賢不必以。伍子逢殃兮，比干葅醢。與前世而皆然兮，吾又何怨乎今之人！余將董道而不豫兮，固將重昏而終身。

卜居一首

屈平

屈原既放三年，不得復見，竭智盡忠，蔽鄣於讒。心煩意亂，不知所從。乃往見太卜鄭詹尹，曰：『余有所疑，願因先生決之。』詹尹乃端策拂龜，曰：『君將何以教之？』屈原曰：『吾寧悃悃款款，朴以忠乎？將送往勞來，斯無窮乎？寧誅鋤草茅，以力耕乎？將遊大人，以成名乎？寧正言不諱，以危身乎？將從俗富貴，以媮生乎？寧超然高舉，以保真乎？將呢訾慄斯，喔咿嚅唲，以事婦人乎？寧廉絜正直，以自清乎？將突梯滑稽，如脂如韋，以潔楹乎？寧昂昂若千里之駒乎？將氾氾若水中之鳧乎？與波上下，偷以全吾軀乎？寧與騏驥抗軛乎？將隨駑馬之迹乎？寧與黃鵠比翼乎？將與雞鶩爭食乎？此孰吉孰凶？何去何從？世溷濁而不清，蟬翼爲重，千鈞爲輕。黃鍾毀棄，瓦釜雷鳴。讒人高張，賢士無名。吁嗟嘿嘿兮，誰知吾之廉貞？』詹尹乃釋策而謝，曰：『夫尺有所短，寸有所長，物有所不足，智有所不明，數有所不逮，神有所不通，用君之心，行君之意，龜策誠不能知此事。』

漁父一首

屈平

屈原既放，遊於江潭，行吟澤畔，顏色憔悴，形容枯槁。漁父見而問之，曰：『子非三閭大夫歟？何故至於斯？』屈原曰：『世人皆濁我獨清，衆人皆醉我獨醒，是以見放。』漁父曰：『聖人不凝滯於物，而能與世推移。世皆濁，何不淈其泥而揚其波？衆人皆醉，何不餔其糟而歠其釃？何故深思高舉，自令放爲？』屈原曰：『吾聞之，新沐者必彈冠，新浴者必振衣，安能以身之察察，受物之汶汶者乎！寧赴湘流，葬於江魚腹中，安能以皓皓之白，蒙世俗之塵埃乎！』漁父莞尒而笑，鼓枻而去。乃歌曰：『滄浪之水清兮，可以濯我纓，滄浪之水濁兮，可以濯我

足。』遂去，不復與言。

九辯五首

宋玉

悲哉秋之爲氣也！蕭瑟兮草木搖落而變衰。憭慄兮若在遠行，登山臨水兮送將歸。泬寥兮天高而氣清，寂漻兮收潦而水清。憯悽增欷兮薄寒之中人，愴怳懭悢兮去故而就新。坎廩兮貧士失職而志不平，廓落兮羈旅而無友生，惆悵兮而私自憐。燕翩翩其辭歸兮，蟬寂寞而無聲。鴈嗈嗈而南游兮，鵾雞啁哳而悲鳴。獨申旦而不寐兮，哀蟋蟀之宵征。時亹亹而過中兮，蹇淹留而無成。

悲憂窮蹙兮獨處廓，有美一人兮心不繹。去鄉離家兮，來遠客，超逍遙兮今焉薄？專思君兮不可化，君不知兮可柰何！蓄怨兮積思，心煩憺兮忘食事。願一見兮道余意，君之心兮與余異。車駕兮朅而歸，不得見兮心悲。倚結軨兮太息，涕潺湲兮霑軾。慷慨絕兮不得，中瞀亂兮迷惑。私自憐兮何極，心怦怦兮諒直。

皇天平分四時兮，竊獨悲此凜秋。白露既下降百草兮，奄離披此梧楸。去白日之昭昭兮，襲長夜之悠悠。離芳藹之方壯兮，余委約而悲愁。秋既先戒以白露兮，

冬又申之以嚴霜。收恢炱之孟夏兮，然坎傺而沈藏。葉菸邑而無色兮，枝煩挐而交横。顏淫溢而將罷兮，柯彷彿而萎黃。萷櫹槮之可哀兮，形銷鑠而瘀傷。惟其紛糅而將落兮，恨其失時而無當。覽騑轡而下節兮，聊逍遙以相羊。歲忽忽而遒盡兮，恐余壽之弗將。悼余生之不時兮，逢此世之俇攘。澹容與而獨倚兮，蟋蟀鳴此西堂。心怵惕而震盪兮，何所憂之多方。仰明月而太息兮，步列星而極明。

竊悲夫蕙華之曾敷兮，紛旖旎乎都房。何曾華之無實兮，從風雨而飛颺。以爲君獨服此蕙兮，羌無以異於衆芳。閔奇思之不通兮，將去君而高翔。心閔憐之慘悽兮，願一見而有明。重無怨而生離兮，中結軫而增傷。豈不鬱陶而思君兮，君之門以九重。猛犬狺狺而迎吠兮，關梁閉而不通。皇天淫溢而秋霖兮，后土何時而得乾？塊獨守此無澤兮，仰浮雲而永歎。

何時俗之工巧兮，背繩墨而改錯！却騏驥而不乘兮，策駑駘而取路。當世豈無騏驥兮？誠莫之能善御。見執轡者非其人兮，故駶跳而遠去。鳧鴈皆唼夫粱藻兮，鳳愈飄翔而高舉。圜鑿而方枘兮，吾固知其鉏鋙而難入。衆鳥皆有所登棲兮，

鳳獨遑遑而無所集。願銜枚而無言兮，常被君之渥洽。太公九十乃顯榮兮，誠未遇其匹合。謂騏驥兮安歸？謂鳳皇兮安棲。變古易俗兮世衰，今之相者兮舉肥。騏驥伏匿而不見兮，鳳皇高飛而不下。鳥獸猶知懷德兮，何云賢士之不處？驥不驟進而求服兮，鳳亦不貪餧而妄食。君棄遠而不察兮，雖願忠其焉得？欲寂寞而絕端兮，竊不敢忘初之厚德。獨悲愁其傷人兮，馮鬱鬱其何極。

招魂一首　　宋玉

朕幼清以廉絜兮，身服義而未沬。主此盛德兮，牽於俗而蕪穢。上無所考此盛德兮，長離殃而愁苦。帝告巫陽曰：『有人在下，我欲輔之。魂魄離散，汝筮予之！』巫陽對曰：『掌夢！上帝其命難從！若必筮予之，恐後之謝，不能復用巫陽焉。』乃下招曰：

魂兮來歸！去君之恒幹，何爲兮四方些？舍君之樂處，而離彼不祥些。魂兮歸來！東方不可以託些。長人千仞，唯魂是索些。十日代出，流金鑠石些。彼皆習之，魂往必釋些。歸來歸來！不可以託些。魂兮歸來！南方不可以止些。雕題黑齒，得人肉而祀，以其骨爲醢些。蝮蛇蓁蓁，封狐千里些。雄虺九首，往來倏忽，吞人以益其心些。歸來歸來！不可久淫些。魂兮歸來！西方之害，流沙千里些。旋入雷淵，爢散而不可止些。幸而得脫，其外曠宇些。赤蟻若象，玄蠭若壺些。五穀不生，叢菅是食些。其土爛人，求水無所得些。彷徉無所倚，廣大無所極些。歸來歸來！恐自遺賊些。魂兮歸來！北方不可以止些。增冰峨峨，飛雪千里些。歸來歸來！不可以久些。魂兮歸來！君無上天些。虎豹九關，啄害下人些。一夫九首，拔木九千些。豺狼從目，往來侁侁些。懸人以嬉，投之深淵些。致命於帝，然後得瞑些。歸來歸來！往恐危身些。魂兮歸來！君無下此幽都些。土伯九約，其角觺觺些。敦脄血拇，逐人駓駓些。參目虎首，其身若牛些。此皆甘人，歸來歸來！恐自遺災些。

魂兮歸來！入脩門些。工祝招君，背行先些。秦篝齊縷，鄭緜絡些。招具該備，永嘯呼些。魂兮歸來！反故居些。天地四方，多賊姦些。像設君室，靜閒安些。高堂邃宇，檻層軒些。層臺累榭，臨高山些。網戶朱綴，刻方連些。冬有突夏，夏室寒

些。川谷徑復，流潺湲些。光風轉蕙，氾崇蘭些。經堂入奧，朱塵筵些。砥室翠翹，絓曲瓊些。翡翠珠被，爛齊光些。蒻阿拂壁，羅幬張些。纂組綺縞，結琦璜些。室中之觀，多珍怪些。蘭膏明燭，華容備些。二八侍宿，射遞代些。九侯淑女，多迅衆些。盛鬋不同制，實滿宮些。容態好比，順彌代些。弱顏固植，謇其有意些。姱容脩態，絙洞房些。娥眉曼睩，目騰光些。靡顏膩理，遺視矊些。離榭脩幕，侍君之閑些。翡帷翠幬，飾高堂些。紅壁沙版，玄玉之梁些。仰觀刻桷，畫龍蛇些。坐堂伏檻，臨曲池些。芙蓉始發，雜芰荷些。紫莖屏風，文緣波些。文異豹飾，侍陂陀些。軒輬既低，步騎羅些。蘭薄户樹，瓊木籬些。魂兮歸來！何遠爲些。

室家遂宗，食多方些。稻粢穱麥，挐黃粱些。大苦醎酸，辛甘行些。肥牛之腱，臑若芳些。和酸若苦，陳吳羹些。胹鱉炮羔，有柘漿些。鵠酸臇鳧，煎鴻鶬些。露雞臛蠵，厲而不爽些。粔籹蜜餌，有餦餭些。瑤漿蜜勺，實羽觴些。挫糟凍飲，酎清涼些。華酌既陳，有瓊漿些。歸來歸來反故室，敬而無妨些。

肴羞未通，女樂羅些。陳鍾按鼓，造新歌些。涉江采菱，發揚荷些。美人既醉，朱顏酡些。娭光眇視，目曾波些。被文服纖，麗而不奇些。長髮曼鬋，豔陸離些。二八齊容，起鄭舞些。衽若交竿，撫案下些。竽瑟狂會，搷鳴鼓些。宮庭震驚，發激楚些。吳歈蔡謳，奏大呂些。士女雜坐，亂而不分些。放陳組纓，班其相紛些。鄭衛妖玩，來雜陳些。激楚之結，獨秀先些。菎蔽象棊，有六簙些。分曹並進，遒相迫些。成梟而牟，呼五白些。晉制犀比，費白日些。鏗鐘搖簴，揳梓瑟些。娛酒不廢，沈日夜些。蘭膏明燭，華鐙錯些。結撰至思，蘭芳假些。人有所極，同心賦些。酎飲既盡，歡樂先故些。魂兮歸來！反故居些。

亂曰：獻歲發春兮，汨吾南征些。菉蘋齊葉兮，白芷生些。路貫廬江兮，左長薄，倚沼畦瀛兮，遥望博，青驪結駟兮，齊千乘。懸火延起兮，玄顏蒸。步及驟處兮，誘騁先。抑鶩若通兮，引車右還。與王趨夢兮，課後先。君王親發兮，憚青兕。朱明承夜兮，時不見淹。皋蘭被徑兮，斯路漸。湛湛江水兮，上有楓。目極千里兮，傷春心。魂兮歸來，哀江南！

招隱士一首

劉安

桂樹叢生兮山之幽，偃蹇連卷兮枝相繚。山氣巃嵸兮石嵯峨，谿谷嶄巖兮水曾波。蝯狖群嘯兮虎豹嗥，攀援桂枝兮聊淹留。王孫遊兮不歸，春草生兮萋萋。歲暮兮不自聊，蟪蛄鳴兮啾啾。坱兮軋，山曲岪，心淹留兮洞荒忽。罔兮沕，憭兮慄。虎豹穴，叢薄深林兮人上慄。嶔崟碕礒兮碅磈磳硊。樹輪相糾兮林木茇骫。青莎雜樹兮薠草靃靡。白鹿麏麚兮或騰或倚。狀貌崟崟兮峨峨，凄凄兮漇漇。猕猴兮熊羆，慕類兮以悲，攀援桂枝兮聊淹留。虎豹鬬兮熊羆咆，禽獸駭兮亡其曹。王孫兮歸來，山中兮不可以久留。

昭明文選卷三十四

【七上】

七發八首

枚叔

楚太子有疾，而吴客往問之，曰：『伏聞太子玉體不安，亦少間乎？』太子曰：『憊！謹謝客。』客因稱曰：『今時天下安寧，四宇和平。太子方富於年，意者久耽安樂，日夜無極。邪氣襲逆，中若結轖。紛屯澹淡，嘘唏煩酲。惕惕怵怵，卧不得瞑。虚中重聽，惡聞人聲。精神越渫，百病咸生。聰明眩曜，悦怒不平。久執不廢，大命乃傾。太子豈有是乎？』太子曰：『謹謝客。賴君之力，時時有之，然未至於是也。』客曰：『今夫貴人之子，必宫居而閨處，内有保母，外有傅父，欲交無所。飲食則温淳甘膬，腥醲肥厚。衣裳則雜遝曼煖，燂爍熱暑。雖有金石之堅，猶將銷鑠而挺解也。況其在筋骨之間乎哉？故曰：縱耳目之欲，恣支體之安者，傷血脉之和。且夫出輿入輦，命曰蹷痿之機；洞房清宫，命曰寒熱之媒；皓齒娥眉，命曰

伐性之斧；甘脆肥膿，命曰腐腸之藥。今太子膚色靡曼，四支委隨，筋骨挺解，血脉淫濯，手足墮窳；越女侍前，齊姬奉後。往來游醼，縱恣于曲房隱間之中。此甘餐毒藥，戲猛獸之爪牙也。所從來者至深遠，淹滯永久而不廢；雖令扁鵲治内，巫咸治外，尚何及哉！今如太子之病者。獨宜世之君子，博見強識，承間語事，變度易意，常無離側，以爲羽翼。淹沈之樂，浩唐之心，遁佚之志，其奚由至哉！』太子曰：『諾。病已，請事此言。』

客曰：『今太子之病，可無藥石針刺灸療而已，可以要言妙道說而去也。不欲聞之乎？』太子曰：『僕願聞之。』

客曰：『龍門之桐，高百尺而無枝。中鬱結之輪菌，根扶疏以分離。上有千仞之峯，下臨百丈之谿。湍流遡波，又澹淡之。其根半死半生。冬則烈風漂霰飛雪之所激也，夏則雷霆霹靂之所感也。朝則鸝黄鳱鴠鳴焉，暮則羈雌迷鳥宿焉。獨鵠晨號乎其上，鵾雞哀鳴翔乎其下。於是背秋涉冬，使琴摯斫斬以爲琴，野繭之絲以爲絃，孤子之鈎以爲隱，九寡之珥以爲約。使師堂操暢，伯子牙爲之歌。歌曰：「麥秀

薪兮雉朝飛，向虛壑兮背槁槐，依絶區兮臨迴溪。」飛鳥聞之，翕翼而不能去；野獸聞之，垂耳而不能行；蚑蟜螻蟻聞之，拄喙而不能前。此亦天下之至悲也，太子能強起聽之乎？」太子曰：『僕病，未能也。』

客曰：『犓牛之腴，菜以筍蒲。肥狗之和，冒以山膚。楚苗之食，安胡之飰，摶之不解，一啜而散。於是使伊尹煎熬，易牙調和。熊蹯之臑，勺藥之醬。薄耆之炙，鮮鯉之鱠。秋黃之蘇，白露之茹。蘭英之酒，酌以滌口。山梁之餐，豢豹之胎。小飰大歠，如湯沃雪。此亦天下之至美也，太子能彊起嘗之乎？』太子曰：『僕病，未能也。』

客曰：『鍾岱之牡，齒至之車，前似飛鳥，後類距虛。穱麥服處，躁中煩外。羈堅轡，附易路。於是伯樂相其前後，王良造父爲之御，秦缺樓季爲之右。此兩人者，馬佚能止之，車覆能起之。於是使射千鎰之重，爭千里之逐。此亦天下之至駿也。太子能彊起乘之乎？』太子曰：『僕病，未能也。』

客曰：『既登景夷之臺，南望荆山，北望汝海，左江右湖，其樂無有。於是使博辯之士，原本山川，極命草木，比物屬事，離辭連類。浮游覽觀，乃下置酒於虞懷之宮。連廊四注，臺城層構，紛紜玄綠。輦道邪交，黃池紆曲。溷章白鷺，孔鳥鶤鵠，鵷雛鵁鶄，翠鬣紫纓。螭龍德牧，邕邕群鳴。陽魚騰躍，奮翼振鱗。漃漻薵蓼，蔓草芳苓。女桑河柳，素葉紫莖。苗松豫章，條上造天。梧桐并閭，極望成林。衆芳芬鬱，亂於五風。從容猗靡，消息陽陰。列坐縱酒，蕩樂娛心。景春佐酒，杜連理音。滋味雜陳，肴糅錯該。練色娛目，流聲悅耳。於是乃發激楚之結風，揚鄭衛之皓樂。使先施徵舒陽文段干吴娃閭娵傅予之徒，雜裾垂髾，目窕心與，揄流波，雜杜若，蒙清塵，被蘭澤，嬿服而御。此亦天下之靡麗皓侈廣博之樂也，太子能彊起游乎？』太子曰：『僕病，未能也。』

客曰：『將爲太子馴騏驥之馬，駕飛軨之輿，乘牡駿之乘。右夏服之勁箭，左烏號之彫弓。游涉乎雲林，周馳乎蘭澤，弭節乎江潯。掩青蘋，游清風。陶陽氣，蕩春心。逐狡獸，集輕禽。於是極犬馬之才，困野獸之足，窮相御之智巧。恐虎豹，慴鷙鳥。逐馬鳴鑣，魚跨麋角。履游麕兔，蹈踐麖鹿，汗流沫墜，寃伏陵窘，無創而死

者，固足充後乘矣。此校獵之至壯也，太子能彊起游乎？』太子曰：『僕病，未能也。』然陽氣見於眉宇之間，侵淫而上，幾滿大宅。

客見太子有悅色，遂推而進之曰：『冥火薄天，兵車雷運。旍旗偃蹇，羽毛肅紛，馳騁角逐，慕味争先。徼墨廣博，觀望之有圻。純粹全犧，獻之公門。』太子曰：『善，願復聞之。』

客曰：『未既。於是榛林深澤，煙雲闇莫，兕虎並作。毅武孔猛，袒裼身薄。白刃磑磑，矛戟交錯。收獲掌功，賞賜金帛。掩蘋肆若，爲牧人席。旨酒嘉肴，羞炰膾炙，以御賓客。涌觴並起，動心驚耳。誠必不悔，決絕以諾。貞信之色，形于金石。高歌陳唱，萬歲無斁。此真太子之所喜也，能強起而游乎？』太子曰：『僕甚願從，直恐爲諸大夫累耳。』然而有起色矣。

客曰：『將以八月之望，與諸侯遠方交游兄弟，並往觀濤乎廣陵之曲江。至則未見濤之形也，徒觀水力之所到，則卹然足以駭矣。觀其所駕軼者，所擢拔者，所揚汩者，所温汾者，所滌汔者，雖有心略辭給，固未能縷形其所由然也。怳兮忽兮，聊兮慄兮，混汩汩兮，忽兮慌兮，俶兮儻兮，浩瀇瀁兮，慌曠曠兮。秉意乎南山，通望乎東海。虹洞兮蒼天，極慮乎崖涘。流攬無窮，歸神日母。汩乘流而下降兮，或不知其所止。或紛紜其流折兮，忽繆往而不來。臨朱汜而遠逝兮，中虛煩而益怠。莫離散而發曙兮，內存心而自持。於是澡槩胸中，灑練五藏，澹澉手足，頮濯髮齒。揄棄恬怠，輸寫淟濁，分決狐疑，發皇耳目。當是之時，雖有淹病滯疾，猶將伸傴起躄，發瞽披聾而觀望之也，況直眇小煩懣，酲醲病酒之徒哉！故曰發蒙解惑，不足以言也。』太子曰：『善，然則濤何氣哉？』

客曰：『不記也。然聞於師曰，似神而非者三：疾雷聞百里；江水逆流，海水上潮；山出內雲，日夜不止。衍溢漂疾，波涌而濤起。其始起也，洪淋淋焉，若白鷺之下翔。其少進也，浩浩溰溰，如素車白馬帷蓋之張。其波涌而雲亂，擾擾焉如三軍之騰裝。其旁作而奔起也，飄飄焉如輕車之勒兵。六駕蛟龍，附從太白。純馳浩蜺，前後駱驛。顒顒卬卬，椐椐彊彊，莘莘將將。壁壘重堅，沓雜似軍行。訇隱匈磕，軋盤涌裔，原不可當。觀其兩傍，則滂渤怫鬱，闇漠感突，上擊下律，有似勇壯之卒，

突怒而無畏。蹈壁衝津，窮曲隨隈，踰岸出追。遇者死，當者壞。初發乎或圍之津涯，荄軫谷分。迴翔青篾，銜枚檀桓。弭節伍子之山，通厲骨母之場。凌赤岸，篲扶桑，橫奔似雷行。誠奮厥武，如振如怒。沌沌渾渾，狀如奔馬。混混庉庉，聲如雷鼓。發怒庢沓，清升踰跇，侯波奮振，合戰於藉藉之口。鳥不及飛，魚不及迴，獸不及走。紛紛翼翼，波涌雲亂。蕩取南山，背擊北岸。覆虧丘陵，平夷西畔。險險戲戲，崩壞陂池，決勝乃罷。瀄汩潺湲，披揚流灑。橫暴之極，魚鼈失勢，顛倒偃側，沋沋湲湲，蒲伏連延。神物恠疑，不可勝言。直使人踣焉，洄闇悽愴焉。此天下恠異詭觀也，太子能強起觀之乎？』太子曰：『僕病，未能也。』

客曰：『將爲太子奏方術之士有資略者，若莊周、魏牟、楊朱、墨翟、便蜎、詹何之倫，使之論天下之釋微，理萬物之是非。孔老覽觀，孟子持籌而筭之，萬不失一。此亦天下要言妙道也，太子豈欲聞之乎？』於是太子據几而起曰：『渙乎若一聽聖人辯士之言。』涊然汗出，霍然病已。

七啓八首并序　曹子建

昔枚乘作《七發》，傅毅作《七激》，張衡作《七辯》，崔駰作《七依》，辭各美麗。余有慕之焉，遂作《七啓》，并命王粲作焉。

玄微子隱居大荒之庭，飛遯離俗，澄神定靈。輕祿傲貴，與物無營。耽虛好靜，羨此永生。獨馳思於天雲之際，無物象而能傾。於是鏡機子聞而將往說焉。駕超野之駟，乘追風之輿。經迴漠，出幽墟。入乎泱漭之野，遂屆玄微子之所居。其居也，左激水，右高岑。背洞溪，對芳林。冠皮弁，被文裘。出山岫之潛穴，倚峻崖而嬉遊。志飄飄焉，嶢嶢焉，似若狹六合而隘九州。若將飛而未逝，若舉翼而中留。於是鏡機子攀葛藟而登，距巖而立，順風而稱曰：『予聞君子不遯俗而遺名，智士不背世而滅勳。今吾子棄道藝之華，遺仁義之英。耗精神乎虛廓，廢人事之紀經。譬若畫形於無象，造響於無聲。未之思乎，何所規之不通也？』玄微子俯而應之曰：『譆，有是言乎！夫太極之初，渾沌未分，萬物紛錯，與道俱隆。蓋有形必朽，有跡必窮。芒芒元氣，誰知其終？名穢我身，位累我躬。竊慕古人之所志，仰老莊之遺

風。假靈龜以託喻，寧掉尾於塗中。』

鏡機子曰：『夫辯言之豔，能使窮澤生流，枯木發榮。庶感靈而激神，況近在乎人情。僕將為吾子說游觀之至娛，演聲色之妖靡。論變化之至妙，敷道德之弘麗。願聞之乎？』玄微子曰：『吾子整身倦世，探隱拯沈。不遠遐路，幸見光臨。將敬滌耳，以聽玉音。』

鏡機子曰：『芳菰精粺，霜蓄露葵。玄熊素膚，肥豢膿肌。蟬翼之割，剖纖析微。累如疊縠，離若散雪。輕隨風飛，刃不轉切。山鵽斥鷃，珠翠之珍。寒芳苓之巢龜，膾西海之飛鱗。臛江東之潛黿，臇漢南之鳴鶉。糅以芳酸，甘和既醇。玄冥適鹹，蓐收調辛。紫蘭丹椒，施和必節。滋味既殊，遺芳射越。乃有春清縹酒，康狄所營。應化則變，感氣而成。彈徵則苦發，叩宮則甘生。於是盛以翠樽，酌以彫觴。浮蟻鼎沸，酷烈馨香。可以和神，可以娛腸。此肴饌之妙也，子能從我而食之乎？』玄微子曰：『予甘藜藿，未暇此食也。』

鏡機子曰：『步光之劍，華藻繁縟。飾以文犀，彫以翠綠。綴以驪龍之珠，錯以荊山之玉。陸斷犀象，未足稱雋。隨波截鴻，水不漸刃。九旒之冕，散耀垂文。華組之纓，從風紛紜。佩則結綠懸黎，寶之妙微。符采照爛，流景揚煇。黼黻之服，紗縠之裳。金華之舃，動趾遺光。繁飾參差，微鮮若霜。緄佩綢繆，或彫或錯。薰以幽若，流芳肆布。雍容閑步，周旋馳燿。南威為之解顏，西施為之巧笑。此容飾之妙也，子能從我而服之乎？』玄微子曰：『予好毛褐，未暇此服也。』

鏡機子曰：『馳騁足用蕩思，游獵可以娛情。僕將為吾子駕雲龍之飛駟，飾玉路之繁纓。垂宛虹之長綏，抗招搖之華旍。捷忘歸之矢，秉繁弱之弓。忽躡景而輕騖，逸奔驥而超遺風。於是磎填谷塞，榛藪平夷。緣山置罝，彌野張罘。下無滿跡，上無逸飛。鳥集獸屯，然後會圍。獠徒雲布，武騎霧散。丹旗燿野，戈殳晧旰。曳文狐，揜狡兔。捎鷫鷞，拂振鷺。當軌見藉，值足遇踐。飛軒電逝，獸隨輪轉。翼不暇張，足不及騰。動觸飛鋒，舉挂輕罾。搜林索險，探薄窮阻。騰山赴壑，風厲焱舉。機不虛發，中必飲羽。於是人稠網密，地逼勢脅。哮闞之獸，張牙奮鬣。志在觸突，猛氣不慴。乃使北宮東郭之疇，生抽豹尾，分裂貙肩。形不抗手，骨不隱拳。批熊碎

掌，拉虎摧斑。野無毛類，林無羽群。積獸如陵，飛翮成雲。於是駭鍾鳴鼓，收旌弛旆。頓綱縱網，罷獠回邁。駿騄齊驤，揚鑾飛沫。俯倚金較，仰撫翠蓋。雍容暇豫，娛志方外。此羽獵之妙也，子能從我而觀之乎？』玄微子曰：『予樂恬靜，未暇此觀也。』

鏡機子曰：『閑宮顯敞，雲屋皓旰。崇景山之高基，迎清風而立觀。彤軒紫柱，文榱華梁。綺井含葩，金墀玉箱。溫房則冬服絺綌，清室則中夏含霜。華閣緣雲，飛陛陵虛。頫眺流星，仰觀八隅。升龍攀而不逮，眇天際而高居。繁巧神恠，變名異形。班輸無所措其斧斤，離婁爲之失睛。麗草交植，殊品詭類。綠葉朱榮，熙天曜日。素水盈沼，叢木成林。飛翮凌高，鱗甲隱深。於是逍遙暇豫，忽若忘歸。乃使任子垂釣，魏氏發機。芳餌沈水，輕繳弋飛。落翳雲之翔鳥，援九淵之靈龜。然後采菱華，擢水蘋。弄珠蚌，戲鮫人。諷漢廣之所詠，覿游女於水濱。燿神景於中沚，被輕縠之纖羅。遺芳烈而靖步，抗皓手而清歌。歌曰：望雲際兮有好仇，天路長兮往無由。佩蘭蕙兮爲誰脩，宴婉絕兮我心愁。此宮館之妙也，子能從我而居之乎？』玄微子曰：『予耽巖穴，未暇此居也。』

鏡機子曰：『既游觀中原，逍遙閑宮，情放志蕩，淫樂未終。亦將有才人妙妓，遺世越俗。揚北里之流聲，紹陽阿之妙曲。尒乃御文軒，臨洞庭。琴瑟交揮，左篪右笙。鍾鼓俱振，簫管齊鳴。然後姣人乃被文縠之華袿，振輕綺之飄颻。戴金搖之熠燿，揚翠羽之雙翹。揮流芳，燿飛文。歷盤鼓，煥繽紛。長裾隨風，悲歌入雲。蹻捷若飛，蹈虛遠蹠。凌躍超驤，蜿蟬揮霍。翔尒鴻翥，濈然鳧沒。縱輕體以迅赴，景追形而不逮。飛聲激塵，依違厲響。才捷若神，形難爲象。於是爲歡未渫，白日西頹。散樂變飾，微步中閨。玄眉弛兮鉛華落，收亂髮兮拂蘭澤，形媠服兮揚幽若。紅顏宜笑，睇眄流光。時與吾子，攜手同行。踐飛除，即閑房。華燭爛，幄幕張。動朱脣，發清商。揚羅袂，振華裳。九秋之夕，爲歡未央。此聲色之妙也，子能從我而游之乎？』玄微子曰：『予願清虛，未暇此遊也。』

鏡機子曰：『予聞君子樂奮節以顯義，烈士甘危軀以成仁。是以雄俊之徒，交黨結倫。重氣輕命，感分遺身。故田光伏劍於北燕，公叔畢命於西秦。果毅輕斷，

虎步谷風。威慴萬乘，華夏稱雄。』辭未及終，而玄微子曰：『善。』

鏡機子曰：『此乃游俠之徒耳，未足稱妙也。若夫田文無忌之儔，乃上古之俊公子也，皆飛仁揚義，騰躍道藝。游心無方，抗志雲際。凌轢諸侯，驅馳當世。揮袂則九野生風，慷慨則氣成虹蜺。吾子若當此之時，能從我而友之乎？』玄微子曰：『予亮願焉。然方於大道，有累如何？』

鏡機子曰：『世有聖宰，翼帝霸世。同量乾坤，等曜日月。玄化參神，與靈合契。惠澤播於黎苗，威靈震乎無外。超隆平於殷周，踵羲皇而齊泰。顯朝惟清，王道遐均。民望如草，我澤如春。河濵無洗耳之士，喬岳無巢居之民。是以俊乂來仕，觀國之光。舉不遺才，進各異方。讚典禮於辟雍，講文德於明堂；正流俗之華說，綜孔氏之舊章。散樂移風，國富民康。神應休臻，屢獲嘉祥。故甘靈紛而晨降，景星宵而舒光。觀游龍於神淵，聆鳴鳳於高岡。此霸道之至隆，而雍熙之盛際。然主上猶以沈恩之未廣，懼聲教之未厲，采英奇於仄陋，宣皇明於巖穴。此甯子商歌之秋，而呂望所以投綸而逝也。吾子爲太和之民，不欲仕陶唐之世乎？』於是玄微子

攘袂而興曰：『韙哉言乎！近者吾子，所述華淫，欲以厲我，祇攪予心。至聞天下穆清，明君莅國，覽盈虛之正義，知頑素之迷惑。今予廓尔，身輕若飛。願反初服，從子而歸。』

昭明文選卷三十五

【七下】

七命八首

張景陽

沖漠公子，含華隱曜。嘉遯龍盤，翫世高蹈。游心於浩然，玩志乎衆妙。絕景乎大荒之遐阻，吞響乎幽山之窮奧。於是殉華大夫聞而造焉。乃勑雲輅，驂飛黃。越奔沙，輾流霜。凌扶搖之風，躡堅冰之津。旌拂霄堮，軌出蒼垠。天清泠而無霞，野曠朗而無塵。臨重岫而攬轡，顧石室而迴輪。遂適沖漠之所居。其居也，崢嶸幽藹，蕭瑟虛玄。溟海渾濩涌其後，嶰谷嵺嶆張其前。尋竹竦莖蔭其壑，百籟群鳴聾其山。衝飈發而迴日，飛礫起而灑天。於是登絕巘，遡長風。陳辯惑之辭，命公子於巖中。曰：『蓋聞聖人不卷道而背時，智士不遺身而匿迹。生必耀華名於玉牒，沒則勒洪伐於金冊。今公子違世陸沈，避地獨竄。有生之歡滅，資父之義廢。愁洽百年，苦溢千歲。何異促鱗之游汀濘，短羽之棲翳薈。今將榮子以天人之大寶，悅子以縱性之至娛。窮地而游，中天而居。傾四海之歡，殫九州之腴。鑽屈轂之瓠，解

疏屬之拘，子欲之乎？』公子曰：『大夫不遺，來萃荒外。雖在不敏，敬聽嘉話。』

大夫曰：『寒山之桐，出自太冥。含黃鍾以吐幹，據蒼岑而孤生。既乃瓊巘嶒崚，金岸崥崹。左當風谷，右臨雲谿。上無凌虛之巢，下無跖實之蹊。搖刖峻挺，茗邈苕嶢。晞三春之溢露，遡九秋之鳴飈。零雪寫其根，霏霜封其條。木既繁而後緑，草未素而先彫。於是構雲梯，陟崢嶸。剪蕤賓之陽柯，剖大呂之陰莖。營匠斲其樸，伶倫均其聲。器舉樂奏，促調高張。音朗號鍾，韻清繞梁。追逸響於八風，采奇律於歸昌。啓中黃之少宮，發蓐收之變商。若乃龍火西頹，暄氣初收。飛霜迎節，高風送秋。羈旅懷土之徒，流宕百罹之疇。撫促柱則酸鼻，揮危絃則涕流。若乃追清哇，赴嚴節。奏緑水，吐白雪。激楚迴，流風結。悲蕙莢之朝落，悼望舒之夕缺。煢鼇爲之擗摽，孀老爲之嗚咽。王子拂纓而傾耳，六馬噓天而仰秣。此蓋音曲之至妙。子豈能從我而聽之乎？』公子曰：『余病，未能也。』

大夫曰：『蘭宮祕宇，彫堂綺櫳。雲屏爛汗，瓊壁青蔥。應門八襲，琁臺九重。

表以百常之闕，圜以萬雉之墉。爾乃嶢榭迎風，秀出中天。翠觀岑青，彫閣霞連。長翼臨雲，飛陛凌山。望玉繩而結極，承倒景而開軒。頳素炳煥，粉栱嵯峨。陰虯負檐，陽馬承阿。錯以瑤英，鏤以金華。方疏含秀，圓井吐葩。重殿疊起，交綺對幌。幽堂晝密，明室夜朗。焦螟飛而風生，尺蠖動而成響。若乃目厭常玩，體倦帷幄。攜公子而雙游，時娛觀於林麓。登翠阜，臨丹谷。華草錦繁，飛采星燭。陽葉春青，陰條秋綠。華實代新，承意恣歡。仰折神蘼，俯采朝蘭。遡蕙風於衡薄，眷椒塗於瑤壇。爾乃浮三翼，戲中沚。潛鰓駭，驚翰起。沈絲結，飛矰理。挂歸翮於赤霄之表，出華鱗於紫淵之裏。然後縱棹隨風，弭楫乘波。吹孤竹，拊雲和。淵客唱淮南之曲，榜人奏采菱之歌。歌曰：乘鳧舟兮爲水嬉，臨芳洲兮拔靈芝。樂以忘戚，游以卒時。窮夜爲日，畢歲爲期。此盖宴居之浩麗，子豈能從我而處之乎？』公子曰：『余病，未能也。』

大夫曰：『若乃白商素節，月既授衣。天凝地閉，風厲霜飛。柔條夕勁，密葉晨稀。將因氣以效殺，臨金郊而講師。爾乃列輕武，整戎剛。建雲髦，啓雄芒。駕紅陽之飛燕，驂唐公之驌驦。屯羽隊於外林，縱輕翼於中荒。爾乃布飛羂，張脩罠。陵黃岑，挂青巒。畫長谿以爲限，帶流谿以爲關。既乃內無疏蹊，外無漏迹。叩鉦數校，舉麾旌獲。彀金機，馳鳴鏑。剪剛豪，落勁翮。車騎競鶩，騈武齊轍。翕忽揮霍，雲迴風烈。舉戈林竦，揮鋒電滅。仰傾雲巢，俯殫地穴。乃有圓文之犴，班題之猔。鼓鬣風生，怒目電瞛。口齩霜刃，足撥飛鋒。甗林蹶石，扣跋幽叢。於是飛黃奮銳，賁石逞技。蹙封豨，僨馮豕。拉甝虪，挫獬廌。勾爪摧，鋸牙捭。瀾漫狼藉，傾榛倒壑。殞胔挂山，僵踣掩澤。藪爲毛林，隰爲丹薄。於是撤圍頓罔，卷旆收鳶。虞人數獸，林衡計鮮。論最犒勤，息馬韜弦。肴駟連鑣，酒駕方軒。千鍾電釂，萬燧星繁。陵阜霑流膏，谿谷厭芳煙。歡極樂殫，迴節而旋。此亦田游之壯觀，子豈能從我而爲之乎？』公子曰：『余病，未能也。』

大夫曰：『楚之陽劍，歐冶所營。邪谿之鋌，赤山之精。銷踰羊頭，鏷越鍛成。乃鍊乃鑠，萬辟千灌。豐隆奮椎，飛廉扇炭。神器化成，陽文陰縵。流綺星連，浮綵豔發。光如散電，質如耀雪。霜鍔水凝，冰刃露潔。形冠豪曹，名珍巨闕。指鄭則

三軍白首，麾晉則千里流血。豈徒水截蛟鴻，陸灑奔駟，斷浮翮以爲工，絕重甲而稱利云爾而已哉！若其靈寶，則舒辟無方，奇鋒異模。形震薛蜀，光駭風胡。價兼三鄉，聲貴二都。或馳名傾秦，或夜飛去吳。是以功冠萬載，威曜無窮。揮之者無前，擁之者身雄。可以從服九國，橫制八戎。爪牙景附，函夏承風。此蓋希世之神兵，子豈能從我而服之乎？』公子曰：『余病，未能也。』

大夫曰：『天驥之駿，逸態超越。稟氣靈淵，受精皎月。眸矚黑照，玄采紺發。沫如揮紅，汗如振血。秦青不能識其衆尺，方堙不能覩其若滅。爾乃巾雲軒，踐朝霧。赴春衢，整秋御。虬踊螭騰，麟超龍翥。望山載奔，視林載赴。氣盛怒發，星飛電駭。志凌九州，勢越四海。景不及形，塵不暇起。浮箭未移，再踐千里。爾乃踰天垠，越地隔。過汗漫之所不游，躡章亥之所未迹。陽烏爲之頓羽，夸父爲之投策。斯蓋天下之雋乘，子豈能從我而御之乎？』公子曰：『余病，未能也。』

大夫曰：『大梁之黍，瓊山之禾，唐稷播其根，農帝嘗其華。爾乃六禽殊珍，四膳異肴。窮海之錯，極陸之毛。伊公爨鼎，庖子揮刀。味重九沸，和兼勺藥。晨鳧露鵠，霜鶂黃雀。圜案星亂，方丈華錯。封熊之蹯，翰音之跖。鷰髀猩脣，髦殘象白。靈淵之龜，萊黃之鮐。丹穴之鷚，玄豹之胎。燀以秋橙，酤以春梅。接以商王之箸，承以帝辛之杯。范公之鱗，出自九溪。赬尾丹鰓，紫翼青鬐。爾乃命支離，飛霜鍔。紅肌綺散，素膚雪落。婁子之豪不能厠其細，秋蟬之翼不足擬其薄。繁肴既闋，亦有寒羞。商山之果，漢皐之楱。析龍眼之房，剖椰子之殼。芳旨萬選，承意代奏。乃有荊南烏程，豫北竹葉。浮蟻星沸，飛華蓱接。玄石嘗其味，儀氏進其法。傾罍一朝，可以流湎千日。單醪投川，可使三軍告捷。斯人神之所歆羨，觀聽之所煒曄也。子豈能強起而御之乎？』公子曰：『耽口爽之饌，甘腊毒之味。服腐腸之藥，御亡國之器。雖子大夫之所榮，故亦吾人之所畏。余病，未能也。』

大夫曰：『蓋有晉之融皇風也，金華啓徵，大人有作。繼明代照，配天光宅。其基德也，隆於姬公之處岐。其垂仁也，富乎有殷之在亳。南箕之風，不能暢其化。離畢之雲，無以豐其澤。皇道煥炳，帝載緝熙。導氣以樂，宣德以詩。教清於雲官之世，治穆乎鳥紀之時。王猷四塞，函夏謐寧。丹冥投烽，青徼釋警。却馬於糞車之

轅，銘德於昆吳之鼎。群萌反素，時文載郁。耕父推畔，魚豎讓陸。樵夫恥危冠之飾，輿臺笑短後之服。六合時邕，巍巍蕩蕩。玄髫巷歌，黃髮擊壤。解羲皇之繩，錯陶唐之象。若乃華裔之夷，流荒之貊。語不傳於輶軒，地不被乎正朔。莫不駿奔稽顙，委質重譯。于時昆蚑感惠，無思不擾。苑戲九尾之禽，囿棲三足之烏。鳴鳳在林，夥於黃帝之園。有龍游淵，盈於孔甲之沼。萬物烟熅，天地交泰。義懷靡內，化感無外。林無被褐，山無韋帶。皆象刻於百工，兆發乎靈蔡。搢紳濟濟，軒冕藹藹。功與造化爭流，德與二儀比大。』言未終，公子蹶然而興，曰：『鄙夫固陋，守此狂狷。蓋理有毀之，而爭寶之訟解；言有怒之，而齊王之疾痊。向子誘我以聾耳之樂，棲我以蔀家之屋。田游馳蕩，利刃駿足。既老氏之攸戒，非吾人之所欲。故靡得應子。至聞皇風載韙，時聖道醇。舉實爲秋，摛藻爲春。下有可封之民，上有大哉之君。余雖不敏，請尋後塵。』

【詔】

詔一首 漢武帝

詔曰：蓋有非常之功，必待非常之人。故馬或奔踶而致千里，士或有負俗之累而立功名。夫泛駕之馬，跅弛之士，亦在御之而已。其令州縣察吏民有茂才異等，可爲將相及使絕國者。

賢良詔一首 漢武帝

朕聞昔在唐虞，畫象而民不犯。日月所燭，罔不率俾。周之成康，刑措不用，德及鳥獸，教通四海，海外肅慎。北發渠搜，氐羌來服。星辰不孛，日月不蝕，山陵不崩，川谷不塞。麟鳳在郊藪，河洛出圖書。嗚呼！何施而臻此乎？

今朕獲奉宗廟，夙興以求，夜寐以思，若涉淵水，未知所濟。猗歟偉歟！何行而可以彰先帝之洪業休德？上參堯舜，下配三王，朕之不敏，不能遠德，此子大夫之所覩聞也。賢良明於古今王事之體，受策察問，咸以書對。著之于篇，朕親覽焉。

【册】

册魏公九錫文一首

潘元茂

制詔：使持節丞相領冀州牧武平侯：朕以不德，少遭閔凶，越在西土，遷于唐衛。當此之時，若綴旒然，宗廟乏祀，社稷無位，群凶覬覦，分裂諸夏，一人尺土，朕無獲焉。即我高祖之命，將墜於地，朕用夙興假寐，震悼于厥心。曰：惟祖惟父，股肱先正，其孰恤朕躬。乃誘天衷，誕育丞相。保乂我皇家，弘濟于艱難，朕實賴之。今將授君典禮，其敬聽朕命：

昔者，董卓初興國難，群后失位，以謀王室。君則攝進，首啓戎行，此君之忠於本朝也。後及黃巾，反易天常，侵我三州，延于平民。君又討之，剪除其迹，以寧東夏，此又君之功也。韓暹楊奉，專用威命，又賴君勳，克黜其難。遂建許都，造我京畿，設官兆祀，不失舊物，天地鬼神，於是獲乂，此又君之功也。袁術僭逆，肆于淮南，懾憚君靈，用丕顯謀，蘄陽之役，橋蕤授首，稜威南厲，術以殞潰，此又君之功也。迴戈東指，呂布就戮，乘軒將反，張揚沮斃，眭固伏罪，張繡稽服，此又君之功也。袁紹逆常，謀危社稷，憑恃其衆，稱兵內侮。當此之時，王師寡弱，天下寒心，莫有固志。君執大節，精貫白日，奮其武怒，運諸神策，致屆官渡，大殲醜類，俾我國家，拯於危墜，此又君之功也。濟師洪河，拓定四州，袁譚高幹，咸梟其首。海盜奔迸，黑山順軌，此又君之功也。烏丸三種，崇亂二世，袁尚因之，逼據塞北，束馬懸車，一征而滅，此又君之功也。劉表背誕，不供貢職，王師首路，威風先逝，百城八郡，交臂屈膝，此又君之功也。馬超成宜，同惡相濟，濵據河潼，求逞所欲，殄之渭南，獻馘萬計，遂定邊城，撫和戎狄，此又君之功也。鮮卑丁令，重譯而至，箄于白屋，請吏帥職，此又君之功也。君有定天下之功，重以明德，班叙海內，宣美風俗，旁施勤教，恤慎刑獄。吏無苛政，民不回慝，敦崇帝族，援繼絕世，舊德前功，罔不咸秩。雖伊尹格于皇天，周公光于四海，方之蔑如也。

朕聞先王並建明德，胙之以土，分之以民，崇其寵章，備其禮物，所以藩衛王室，左右厥世也。其在周成，管蔡不靖，懲難念功，乃使邵康公錫齊太公履，東至于海，西至于河，南至于穆陵，北至于無棣，五侯九伯，實得征之。世胙太師，以表東

海。爰及襄王，亦有楚人，不供王職。又命晉文，登爲侯伯，錫以二輅，虎賁鈇鉞，秬鬯弓矢，大啓南陽，世作盟主。故周室之不壞，繄二國是賴。今君稱丕顯德，明保朕躬，奉荅天命，導揚弘烈，綏爰九域，罔不率俾，功高乎伊周，而賞卑乎齊晉，朕甚恧焉。朕以眇身，託於兆民之上，永思厥艱，若涉淵水，非君攸濟，朕無任焉。今以冀州之河東、河內、魏郡、趙國、中山、鉅鹿、常山、安平、甘陵、平原凡十郡，封君爲魏公，使使持節御史大夫慮，授君印綬冊書，金虎符第一至第五，竹使符第一至第十，錫君玄土，苴以白茅，爰契爾龜，用建冢社。昔在周室，畢公毛公，入爲卿佐，周邵師保，出爲二伯，外內之任，君實宜之。其以丞相領冀州牧如故。今更下傳璽，肅將朕命，以允華夏，其上故傳武平侯印綬。今又加君九錫，其敬聽後命。以君經緯禮律，爲民軌儀。使安職業，無或遷志，是用錫君大輅戎輅各一，玄牡二駟。君勸分務本，嗇民昏作，粟帛滯積，大業惟興，是用錫君袞冕之服，赤舄副焉。君敦尚謙讓，俾民興行，少長有禮，上下咸和，是用錫君軒懸之樂，六佾之舞。君翼宣風化，爰發四方，遠人回面，華夏充實，是用錫君朱户以居。君研其明哲，思帝所難，官才任賢，群善必舉，是用錫君納陛以登。君秉國之均，正色處中，纖毫之惡，靡不抑退，是用錫君虎賁之士三百人。君糾虔天刑，章厥有罪，犯關干紀，莫不誅殛，是用錫君鈇鉞各一。君龍驤虎視，旁眺八維，揜討逆節，折衝四海，是用錫君彤弓一，彤矢百，玈弓十，玈矢千。君以温恭爲基，孝友爲德，明允篤誠，感乎朕思，是用錫君秬鬯一卣，珪瓚副焉。魏國置丞相以下群卿百僚，皆如漢初諸王之制。君往欽哉！敬服朕命。簡恤爾衆，時亮庶功，用終爾顯德，對揚我高祖之休命。

昭明文選卷三十六

【令】

宣德皇后令一首

任彥昇

宣德皇后敬問具位：夫功在不賞，故庸勳之典蓋闕，施侔造物，則謝德之途已寡也。要不得不彊爲之名，使荃宰有寄。公實天生德，齊聖廣淵。不改參辰而九星仰止，不易日月而二儀貞觀。在昔晦明，隱鱗戢翼。博通群籍，而讓齒乎一卷之師；劒氣淩雲，而屈迹於萬夫之下。辯析天口，而似不能言；文擅彫龍，而成輒削藁。

爰在弱冠，首應弓旌。客游梁朝，則聲華籍甚；薦名宰府，則延譽自高。隆昌季年，勤王始著；建武惟新，締構斯在。功隆賞薄，嘉庸莫疇。一馬之田，介山之志愈厲；六百之秩，大樹之號斯存。及擁旄司部，代馬不敢南牧；推轂樊鄧，胡塵罕嘗夕起。惟彼狡僮，窮凶極虐，衣冠泯絶，禮樂崩喪。既而鞠旅誓衆，言謀王室，白羽一麾，黃鳥底定。甲既鱗下，車亦瓦裂。致天之屆，拱揖群后，豐功厚利，無得而稱。是以祥光揔至，休氣四塞；五老游河，飛星入昴。元功茂勳，若斯之盛。而地狹乎四履，勢卑乎九伯。帝有恧焉，輶軒萃止。今遣某位某甲等，率茲百辟，人致其誠。庶匪席之旨，不遠而復。

【教】

爲宋公修張良廟教一首

傅季友

綱紀：夫盛德不泯，義存祀典；微管之歎，撫事彌深。張子房道亞黃中，照鄰殆庶，風雲玄感，蔚爲帝師，夷項定漢，大拯横流，固已參軌伊望，冠德如仁。若乃交神圯上，道契商洛，顯默之際，窅然難究，淵流浩瀁，莫測其端矣。

塗次舊沛，佇駕留城，靈廟荒頓，遺像陳昧，撫事懷人，永歎寔深。過大梁者，或佇想於夷門；游九京者，亦流連於隨會。擬之若人，亦足以云。可改構棟宇，脩飾丹青，蘋蘩行潦，以時致薦。抒懷古之情，存不刊之烈。主者施行。

爲宋公修楚元王墓教一首

傅季友

綱紀：夫褒賢崇德，千載彌光，尊本敬始，義隆自遠。楚元王積仁基德，啓藩斯境；素風道業，作範後昆。本支之祚，實隆鄙宗；遺芳餘烈，奮乎百世。而丘封翳然，墳塋莫翦。感遠存往，慨然永懷。夫愛人懷樹，甘棠且猶勿翦；追甄墟墓，信陵尚或不泯。況瓜瓞所興，開元自本者乎！可蠲復近墓五家，長給灑掃。便可施行。

【文】

永明九年策秀才文五首

王元長

問秀才高第明經：朕聞神靈文思之君，聰明聖德之后，體道而不居，見善如不及。是以崆峒有順風之請，華封致乘雲之拜；或揚旌求士，或設簴待賢，用能敷化一時，餘烈千古。朕夤奉天命，恭惟永圖，審聽高居，載懷祇懼。雖言事必史，而象闕未箴，寤寐嘉猷，延佇忠實。子大夫選名昇學，利用賓王，懋陳三道之要，以光四科之首，鹽梅之和，屬有望焉。

又問：昔周宣惰千畝之禮，虢公納諫；漢文缺三推之義，賈生置言。良以食爲民天，農爲政本。金湯非粟而不守，水旱有待而無遷。朕式照前經，寶茲稼穡。祥正而青旗肅事，土膏而朱紘戒典。將使杏花菖葉，耕穫不愆；清畎泠風，述遵無廢。而釋耒佩牛，相沿莫反，兼貧擅富，浸以爲俗。若爰井開制，懼驚擾愚民，舃鹵可腴，恐時無史白。興廢之術，矢陳厥謀。

又問：議獄緩死，大易深規，敬法卹刑，虞書茂典。自萌俗澆弛，法令滋彰，肺石少不冤之人，棘林多夜哭之鬼。朕所以明發動容，昃食興慮。傷秋荼之密網，惻夏日之嚴威。永念畫冠，緬追刑厝。徒以百鍰輕科，反行季葉；四支重罰，爰創前古。訪游禽於絕澗，作霸秦基；歌鷄鳴於闕下，稱仁漢牘。一途如爽，即用兼通，昌言所安，朕將親覽。

又問：聚人曰財，次政曰貨，泉流表其不匱，貿遷通其有亡。既龜貝積寢，緡繦專用，世代滋多，銷漏參倍。下貧無兼辰之業，中產闕洊歲之貲。惟瘼卹隱，無捨矜嘆。上帝溥臨，賜朕休寶，命卬斜之谷，開而出銅。且有後命，事茲鎔範，充都內

之金，紹圓府之職。但赤側深巧學之患，榆莢難輕重之權。開塞所宜，悉心以對。

又問：治歷明時，紹遷革之運；改憲勑法，審刑德之原。分命顯於唐官，文條炳於鄒說。及嵎夷廢職，昧谷虧方，漢秉素祇之徵，魏稱黃星之驗。紛爭空軫，疑論無歸。朕獲纂洪基，思弘至道。庶令日月休徵，風雨玉燭，克明之旨弗遠，欽若之義復還。於子大夫何如哉？其驪翰改色，寅丑殊建，別白書之。

永明十一年策秀才文五首

王元長

問秀才：朕秉籙御天，握樞臨極。五辰空撫，九序未歌。至於思政明臺，訪道宣室，若墜之惻每勤，如傷之念恒軫。故卹貧緩賦，省繇慎獄。幸四境無虞，三秋式稔。而多黍多稌，不興兩穗之謡；無褐無衣，必盈七月之歎。豈布政未優，將罷民難業？登爾於朝，是屬宏議。罔弗同心，以匡厥辟。

又問：惟王建國，惟典命官。上叶星象，下符川嶽。必待天爵具脩，人紀咸事，然後沿才受職，揆務分司。是以五正置於朱宣，下民不忒；九工開於黃序，庶績其凝。周官三百，漢位兼倍，歷茲以降，游惰寔繁。若閑冗畢弃，則橫議無已；冕笏不澄，則坐談彌積。何則可脩？善詳其對。

又問：昔者賢牧分陝，良守共治，下邑必樹其風，一鄉可以爲績。至有旦撫鳴琴，日置醇酒，文而無害，嚴而不殘。故能出人於阽危之域，躋俗於仁壽之地。是以賈誼有言：天下之有惡，吏之罪也。頃深汰珪符，妙簡銅墨；而春雉未馴，秋螟不散。入在朕前，湊其智略；出連城守，闕爾無聞。豈薪槱之道未弘？爲網羅之目尚簡？悉意正辭，無侵執事。

又問：朕聞上智利民，不述於禮；大賢彊國，罔圖惟舊。豈非療飢不期於鼎食，拯溺無待於規行。是以三王異道而共昌，五霸殊風而並列。今農戰不脩，文儒是競，弃本殉末，厥弊茲多。昔宋臣以禮樂爲殘賊，漢主比文章於鄭衛，豈欲非聖無法，將以既道而權？今欲專士女於耕桑，習鄉閭以弓騎；五都復而事庠序，四民富而歸文學。其道奚若？爾無面從。

又問：自晉氏不綱，關河蕩析，宋人失馭，淮汴崩離。朕思念舊民，永言攸濟。故選將開邊，勞來安集；加以納款通知，布德脩禮，歌皇華而遣使，賦膏雨而懷

寘。所以關洛動南望之懷，獯夷遽北歸之念。夫危葉畏風，驚禽易落，無待干戈，聊用辭辯，片言而求三輔，一說而定五州。斯路何階？人誰或可？進謀誦志，以沃朕心。

天監三年策秀才文三首

任彥昇

問秀才：朕長驅樊鄧，直指商郊，因藉時來，乘此歷運，當扆永念，猶懷慙德。何者？百王之弊，齊季斯甚，衣冠禮樂，掃地無餘。斲雕刓方，經綸草昧。採三王之禮，冠履粗分；因六代之樂，宮判始辨。而百度草創，倉廩未實。若終畝不稅，則國用靡資；百姓不足，則惻隱深慮。每時入芻藁，歲課田租，愀然疚懷，如憐赤子。今欲使朕無滿堂之念，民有家給之饒，漸登九年之畜，稍去關市之賦。子大夫當此三道，利用賓王，斯理何從？佇聞良說。

問：朕本自諸生，弱齡有志，閉户自精，開卷獨得。九流七略，頗常觀覽；六藝百家，庶非牆面。雖一日萬機，早朝晏罷，聽覽之暇，三餘靡失。上之化下，草偃風從，惟此虛寡，弗能動俗。昔紫衣賤服，猶化齊風；長纓鄙好，且變鄒俗。雖德慙往賢，業優前事。且夫搢紳道行，禄利然也。朕傾心駿骨，非懼真龍，輜軿青紫，如拾地芥。而惰游廢業，十室而九，鳴鳥蔑聞，子衿不作。弘奬之路，斯既然矣，猶其寂寞，應有良規。

問：朕立諫鼓，設謗木，於兹三年矣。比雖輻湊闕下，多非政要；日伏青蒲，罕能切直。將齊季多諱，風流遂往。將謂朕空然慕古，虛受弗弘。然自君臨萬寓，介在民上，何嘗以一言失旨，轉徙朔方，睚眥有違，論輸左校，而使直臣杜口，忠讜路絕。將恐弘長之道，別有未周。悉意以陳，極言無隱。

昭明文選卷三十七

【表上】

薦禰衡表一首

孔文舉

臣聞洪水橫流，帝思俾乂，旁求四方，以招賢俊。昔世宗繼統，將弘祖業，疇咨熙載，群士響臻。陛下睿聖，纂承基緒，遭遇厄運，勞謙日仄。維嶽降神，異人並出。

竊見處士平原禰衡，年二十四，字正平，淑質貞亮，英才卓躒。初涉藝文，升堂覩奧，目所一見，輒誦於口，耳所暫聞，不忘於心，性與道合，思若有神。弘羊潛計，安世默識，以衡準之，誠不足怪。忠果正直，志懷霜雪，見善若驚，疾惡若讎。任座抗行，史魚厲節，殆無以過也。

鷙鳥累百，不如一鶚。使衡立朝，必有可觀。飛辯騁辭，溢氣坌涌，解疑釋結，臨敵有餘。昔賈誼求試屬國，詭係單于；終軍欲以長纓，牽致勁越。弱冠慷慨，前代美之。近日路粹嚴象，亦用異才，擢拜臺郎，衡宜與爲比。如得龍躍天衢，振翼雲漢，揚聲紫微，垂光虹蜺，足以昭近署之多士，增四門之穆穆。鈞天廣樂，必有奇麗之觀；帝室皇居，必畜非常之寶。若衡等輩不可多得。激楚陽阿，至妙之容，掌技者之所貪；飛兔騕褭，絕足奔放，良樂之所急也。臣等區區，敢不以聞。

陛下篤慎取士，必須效試，乞令衡以褐衣召見。無可觀采，臣等受面欺之罪。

出師表一首

諸葛孔明

臣亮言：先帝創業未半，而中道崩徂。今天下三分，益州罷弊，此誠危急存亡之秋也。然侍衛之臣不懈於內，忠志之士亡身於外者，蓋追先帝之遇，欲報之於陛下也。誠宜開張聖聽，以光先帝遺德，恢志士之氣，不宜妄自菲薄，引喻失義，以塞忠諫之路也。宮中府中，俱爲一體，陟罰臧否，不宜異同。若有作姦犯科及爲忠善者，宜付有司，論其刑賞，以昭陛下平明之理，不宜偏私，使內外異法也。

侍中侍郎郭攸之、費禕、董允等，此皆良實，志慮忠純，是以先帝簡拔以遺陛下。愚以爲宮中之事，事無大小，悉以咨之，然後施行，必能裨補闕漏，有所廣益

也。將軍向寵，性行淑均，曉暢軍事，試用於昔日，先帝稱之曰能，是以衆議舉寵爲督。愚以爲營中之事，悉以諮之，必能使行陣和穆，優劣得所也。親賢臣，遠小人，此先漢所以興隆也；親小人，遠賢士，此後漢所以傾頹也。先帝在時，每與臣論此事，未嘗不歎息痛恨於桓靈也。侍中尚書、長史參軍，此悉貞亮死節之臣也，願陛下親之信之，則漢室之隆，可計日而待也。

臣本布衣，躬耕於南陽，苟全性命於亂世，不求聞達於諸侯。先帝不以臣卑鄙，猥自枉屈，三顧臣於草廬之中，諮臣以當世之事。由是感激，遂許先帝以驅馳。後值傾覆，受任於敗軍之際，奉命於危難之間，爾來二十有一年矣。先帝知臣謹慎，故臨崩寄臣以大事也。受命以來，夙夜憂嘆，恐託付不效，以傷先帝之明。故五月度瀘，深入不毛。今南方已定，兵甲已足，當獎帥三軍，北定中原。庶竭駑鈍，攘除姦凶，興復漢室，還于舊都。此臣之所以報先帝而忠陛下之職分也。

至於斟酌損益，進盡忠言，則攸之、禕、允之任也。願陛下託臣以討賊興復之效；不效，則治臣之罪，以告先帝之靈。責攸之、禕、允等咎，以章其慢。陛下亦宜自課，以咨諏善道，察納雅言，深追先帝遺詔。臣不勝受恩感激！今當遠離，臨表涕泣，不知所云。

求自試表一首　曹子建

臣植言：臣聞士之生世，入則事父，出則事君。事父尚於榮親，事君貴於興國。故慈父不能愛無益之子，仁君不能畜無用之臣。夫論德而授官者，成功之君也；量能而受爵者，畢命之臣也。故君無虛授，臣無虛受；虛授謂之謬舉，虛受謂之尸禄。詩之素餐，所由作也。昔二虢不辭兩國之任，其德厚也；旦奭不讓燕魯之封，其功大也。

今臣蒙國重恩，三世于今矣。正值陛下升平之際，沐浴聖澤，潛潤德教，可謂厚幸矣。而位竊東藩，爵在上列，身被輕煖，口厭百味，目極華靡，耳倦絲竹者，爵重禄厚之所致也。退念古之受爵禄者，有異於此，皆以功勤濟國，輔主惠民。今臣無德可述，無功可紀，若此終年，無益國朝，將挂風人彼己之譏。是以上慙玄冕，俯愧朱紱。

方今天下一統，九州晏如，顧西尚有違命之蜀，東有不臣之吳。使邊境未得稅甲，謀士未得高枕者，誠欲混同宇內，以致太和也。故啓滅有扈而夏功昭，成克商奄而周德著。今陛下以聖明統世，將欲卒文武之功，繼成康之隆。簡良授能，以方叔邵虎之臣，鎮衛四境，爲國爪牙者，可謂當矣。然而高鳥未挂於輕繳，淵魚未懸於鉤餌者，恐鈞射之術，或未盡也。昔耿弇不俟光武，亟擊張步，言不以賊遺於君父也。故車右伏劍於鳴轂，雍門刎首於齊境，若此二子，豈惡生而尚死哉？誠忿其慢主而陵君也。夫君之寵臣，欲以除害興利，臣之事君，必以殺身靜亂，以功報主也。昔賈誼弱冠，求試屬國，請係單于之頸而制其命；終軍以妙年使越，欲得長纓占其王，羈致北闕。此二臣豈好爲夸主而耀世俗哉？志或鬱結，欲逞才力輸能於明君也。昔漢武爲霍去病治第，辭曰：『匈奴未滅，臣無以家爲？』固夫憂國忘家，捐軀濟難，忠臣之志也。

今臣居外，非不厚也；而寢不安席，食不遑味者，伏以二方未剋爲念。伏見先武皇帝武臣宿兵，年耆即世者有聞矣；雖賢不乏世，宿將舊卒，猶習戰也。竊不自量，志在效命，庶立毛髮之功，以報所受之恩。若使陛下出不世之詔，效臣錐刀之用，使得西屬大將軍，當一校之隊，若東屬大司馬，統偏師之任。必乘危躡險，騁舟奮驪，突刃觸鋒，爲士卒先。雖未能禽權馘亮，庶將虜其雄率，殲其醜類，必效須臾之捷，以滅終身之愧，使名挂史筆，事列朝榮，雖身分蜀境，首懸吳闕，猶生之年也。如微才不試，沒世無聞，徒榮其軀而豐其體，生無益於事，死無損於數，虛荷上位而忝重祿，禽息鳥視，終於白首，此徒圈牢之養物，非臣之所志也。流聞東軍失備，師徒小衄，輟食棄餐，奮袂攘衽，撫劍東顧，而心已馳於吳會矣。

臣昔從先武皇帝，南極赤岸，東臨滄海，西望玉門，北出玄塞，伏見所以行軍用兵之勢，可謂神妙矣。故兵者不可預言，臨難而制變者也。志欲自效於明時，立功於聖世。每覽史籍，觀古忠臣義士，出一朝之命，以殉國家之難，身雖屠裂，而功銘著於景鍾，名稱垂於竹帛，未嘗不拊心而歎息也。臣聞明主使臣，不廢有罪。故奔北敗軍之將用，秦魯以成其功；絕纓盜馬之臣赦，楚趙以濟其難。臣竊感先帝早崩，威王棄代，臣獨何人，以堪長久？常恐先朝露，填溝壑，墳土未乾，而身名並

滅。臣聞騏驥長鳴，伯樂昭其能；盧狗悲號，韓國知其才。是以效之齊楚之路，以逞千里之任，試之狡兔之捷，以驗搏噬之用。今臣志狗馬之微功，竊自惟度，終無伯樂韓國之舉，是以於邑而竊自痛者也。夫臨博而企竦，聞樂而竊抃者，或有賞音而識道也。昔毛遂，趙之陪隸，猶假錐囊之喻，以寤主立功；何況巍巍大魏多士之朝，而無慷慨死難之臣乎！

夫自衒自媒者，士女之醜行也；干時求進者，道家之明忌也。而臣敢陳聞於陛下者，誠與國分形同氣，憂患共之者也。冀以塵露之微，補益山海；螢燭末光，增輝日月。是以敢冒其醜而獻其忠，必知爲朝士所笑。聖主不以人廢言，伏惟陛下少垂神聽，臣則幸矣。

求通親親表一首

曹子建

臣植言：臣聞天稱其高者，以無不覆；地稱其廣者，以無不載；日月稱其明者，以無不照；江海稱其大者，以無不容。故孔子曰：大哉堯之爲君，惟天爲大，惟堯則之。夫天德之於萬物，可謂弘廣矣。蓋堯之爲教，先親後疏，自近及遠。其《傳》曰：克明俊德，以親九族，九族既睦，平章百姓。及周之文王，亦崇厥化。其《詩》曰：刑于寡妻，至于兄弟，以御于家邦。是以雍雍穆穆，風人詠之。昔周公弔管蔡之不咸，廣封懿親，以藩屏王室。《傳》曰：周之宗盟，異姓爲後。誠骨肉之恩，爽而不離；親親之義，寔在敦固；未有義而後其君，仁而遺其親者也。

伏惟陛下，咨帝唐欽明之德，體文王翼翼之仁，惠洽椒房，恩昭九親，群后百僚，番休遞上。執政不廢於公朝，下情得展於私室，親理之路通，慶弔之情展，誠可謂恕己治人，推惠施恩者矣。至於臣者，人道絕緒，禁固明時，臣竊自傷也。不敢乃望交氣類，脩人事，叙人倫。近且婚媾不通，兄弟永絕，吉凶之問塞，慶弔之禮廢。恩紀之違，甚於路人；隔閡之異，殊於胡越。今臣以一切之制，永無朝覲之望，至於注心皇極，結情紫闥，神明知之矣。然天寔爲之，謂之何哉！退省諸王，常有戚戚具爾之心。願陛下沛然垂詔，使諸國慶問，四節得展，以叙骨肉之歡恩，全怡怡之篤義，妃妾之家，膏沐之遺，歲得再通，齊義於貴宗，等惠於百司。如此，則古人之所歎，風雅之所詠，復存於聖世矣。

臣伏自思惟，豈無錐刀之用。及觀陛下之所拔授，若臣爲異姓，竊自料度，不後於朝士矣。若得辭遠遊，戴武弁，解朱組，佩青紱，駙馬奉車，趣得一號，安宅京室，執鞭珥筆，出從華蓋，入侍輦轂，承荅聖問，拾遺左右，乃臣丹情之至願，不離於夢想者也。遠慕鹿鳴君臣之宴，中詠棠棣匪他之誡，下思伐木友生之義，終懷蓼莪罔極之哀。每四節之會，塊然獨處，左右惟僕隸，所對惟妻子，高談無所與陳，發義無所與展，未嘗不聞樂而拊心，臨觴而歎息也。臣伏以爲犬馬之誠，不能動人，譬人之誠不能動天，崩城隕霜，臣初信之，以臣心況，徒虛語耳。若葵藿之傾葉，太陽雖不爲之迴光，然終向之者，誠也。臣竊自比葵藿，若降天地之施，垂三光之明者，寔在陛下。

臣聞文子曰：不爲福始，不爲禍先，今之否隔，友于同憂，而臣獨唱言者，何也？竊不願於聖代使有不蒙施之物。有不蒙施之物，必有慘毒之懷；故栢舟有天只之怨，谷風有棄予之歎。伊尹恥其君不爲堯舜，孟子曰：不以舜之所以事堯事其君者，不敬其君者也。臣之愚蔽，固非虞伊。至於欲使陛下崇光被時雍之美，宣緝熙章明之德者，是臣慺慺之誠，竊所獨守。寔懷鶴立企佇之心，敢復陳聞者，冀陛下儻發天聰而垂神聽也。

讓開府表一首

羊叔子

臣祜言：臣昨出，伏聞恩詔，拔臣使同台司。臣自出身已來，適十數年，受任外內，每極顯重之地，常以智力不可強進，恩寵不可久謬，夙夜戰慄，以榮爲憂。臣聞古人之言，德未爲衆所服，而受高爵，則使才臣不進；功未爲衆所歸，而荷厚祿，則使勞臣不勸。今臣身託外戚，事遭運會，誡在寵過，不患見遺，而猥超然降發中之詔，加非次之榮，臣有何功可以堪之？何心可以安之？以身誤陛下，辱高位，傾覆亦尋而至。願復守先人弊廬，豈可得哉！違命誠忤天威，曲從即復若此。蓋聞古人申於見知，大臣之節，不可則止。臣雖小人，敢緣所蒙，念存斯義。

今天下自服化已來，方漸八年，雖側席求賢，不遺幽賤。然臣等不能推有德，進有功，使聖聽知勝臣者多，而未達者不少。假令有遺德於板築之下，有隱才於屠釣之間，而令朝議用臣不以爲非，臣處之不以爲愧，所失豈不大哉！

且臣忝竊雖久，未若今日兼文武之極寵，等宰輔之高位也。臣所見雖狹，據今光祿大夫李喜，秉節高亮，正身在朝。光祿大夫魯芝，絜身寡欲，和而不同。光祿大夫李胤，莅政弘簡，在公正色。皆服事華髮，以禮終始。雖歷內外之寵，不異寒賤之家，而猶未蒙此選，臣更越之，何以塞天下之望，少益日月。是以誓心守節，無苟進之志。

今道路未通，方隅多事，乞留前恩，使臣得速還屯，不爾留連，必於外虞有闕。臣不勝憂懼，謹觸冒拜表。惟陛下察匹夫之志不可以奪。

陳情事表一首

李令伯

臣密言：臣以險釁，夙遭閔凶。生孩六月，慈父見背。行年四歲，舅奪母志。祖母劉，愍臣孤弱，躬親撫養。臣少多疾病，九歲不行，零丁孤苦，至于成立。既無伯叔，終鮮兄弟；門衰祚薄，晚有兒息。外無朞功強近之親，內無應門五尺之僮；煢煢獨立，形影相弔。而劉夙嬰疾病，常在牀蓐；臣侍湯藥，未曾廢離。

逮奉聖朝，沐浴清化。前太守臣逵察臣孝廉，後刺史臣榮舉臣秀才。臣以供養無主，辭不赴命。詔書特下，拜臣郎中，尋蒙國恩，除臣洗馬。猥以微賤，當侍東宮，非臣隕首所能上報。臣具以表聞，辭不就職。詔書切峻，責臣逋慢。郡縣逼迫，催臣上道；州司臨門，急於星火。臣欲奉詔奔馳，則劉病日篤；欲苟順私情，則告訴不許。臣之進退，實爲狼狽。

伏惟聖朝以孝治天下，凡在故老，猶蒙矜育，况臣孤苦，特爲尤甚。且臣少仕僞朝，歷職郎署；本圖宦達，不矜名節。今臣亡國賤俘，至微至陋，過蒙拔擢，寵命優渥，豈敢盤桓，有所希冀！但以劉日薄西山，氣息奄奄，人命危淺，朝不慮夕。臣無祖母，無以至今日；祖母無臣，無以終餘年。母孫二人，更相爲命。是以區區不能廢遠。臣密今年四十有四，祖母劉今年九十有六，是臣盡節於陛下之日長，報養劉之日短也。烏鳥私情，願乞終養。

臣之辛苦，非獨蜀之人士及二州牧伯所見明知，皇天后土，實所共鑒。願陛下矜愍愚誠，聽臣微志，庶劉僥倖，保卒餘年。臣生當隕首，死當結草。臣不勝犬馬怖懼之情，謹拜表以聞。

謝平原内史表一首　陸士衡

陪臣陸機言：今月九日，魏郡太守遣兼丞張含，齎板詔書印綬，假臣爲平原内史。拜受祗竦，不知所裁。臣機頓首頓首，死罪死罪。

臣本吴人，出自敵國，世無先臣宣力之効，才非丘園耿介之秀。皇澤廣被，惠濟無遠，擢自群萃，累蒙榮進。入朝九載，歷官有六，身登三閣，官成兩宮。服冕乘軒，仰齒貴游，振景拔迹，顧邈同列，施重山岳，義足灰沒。遭國顛沛，無節可紀，雖蒙曠盪，臣獨何顔！俛首頓膝，憂愧若厲。而横爲故齊王冏所見枉陷，誣臣與衆人共作禪文，幽執囹圄，當爲誅始。臣之微誠，不負天地，倉卒之際，慮有逼迫，乃與弟雲及散騎侍郎袁瑜、中書侍郎馮熊、尚書右丞崔基、廷尉正顧榮、汝陰太守曹武，思所以獲免，陰蒙避迴，岐嶇自列。片言隻字，不關其間，事蹤筆跡，皆可推校，而一朝翻然，更以爲罪。蕞爾之生，尚不足吝，區區本懷，實有可悲。畏逼天威，即罪惟謹，鉗口結舌，不敢上訴所天。莫大之釁，日經聖聽，肝血之誠，終不一聞，所以臨難慷慨，而不能不恨恨者，惟此而已。

重蒙陛下愷悌之宥，迴霜收電，使不隕越。復得扶老攜幼，生出獄户，懷金拖紫，退就散輩。感恩惟咎，五情震悼，跼天蹐地，若無所容。不悟日月之明，遂垂曲照，雲雨之澤，播及朽瘁。忘臣弱才，身無足采，哀臣零落，罪有可察。苟削丹書，得夷平民，則塵洗天波，謗絶衆口，臣之始望，尚未至是。

猥辱大命，顯授符虎，使春枯之條，更與秋蘭垂芳；陸沈之羽，復與翔鴻撫翼。雖安國免徒，起紆青組；張敞亡命，坐致朱軒。方臣所荷，未足爲泰，豈臣蒙垢含吝，所宜忝竊；非臣毁宗夷族，所能上報。喜懼参并，悲慙哽結。拘守常憲，當便道之官，不得束身奔走，稽顙城闕。瞻係天衢，馳心輦轂，臣不勝屏營延仰。謹拜表以聞。

勸進表一首　劉越石

建興五年三月癸未朔十八日辛丑，使持節散騎常侍都督河北并冀幽三州諸軍事、領護軍匈奴中郎將、司空、并州刺史、廣武侯臣琨，使持節侍中都督冀州諸軍事、撫軍大將軍、冀州刺史、左賢王、渤海公臣磾，頓首死罪，上書。

臣琨臣磾，頓首頓首，死罪死罪。臣聞天生蒸人，樹之以君，所以對越天地，司牧黎元。聖帝明王，鑒其若此，知天地不可以乏饗，故屈其身以奉之；知黎元不可以無主，故不得已而臨之。社稷時難，則戚藩定其傾；郊廟或替，則宗哲纂其祀。所以弘振遐風，式固萬世，三五以降，靡不由之。

臣琨臣磾，頓首頓首，死罪死罪。伏惟高祖宣皇帝肇基景命，世祖武皇帝遂造區夏，三葉重光，四聖繼軌，惠澤侔於有虞，卜年過於周氏。自元康以來，艱禍繁興，永嘉之際，氛厲彌昏，宸極失御，登遐醜裔，國家之危，有若綴旒。賴先后之德，宗廟之靈，皇帝嗣建，舊物克甄，誕授欽明，服膺聰哲，玉質幼彰，金聲夙振，冢宰攝其綱，百辟輔其治，四海想中興之美，羣生懷來蘇之望。不圖天不悔禍，大災荐臻，國未忘難，寇害尋興。逆胡劉曜，縱逸西都，敢肆犬羊，凌虐天邑。臣等奉表使還，仍承西朝，以去年十一月不守，主上幽劫，復沈虜庭，神器流離，再辱荒逆。臣每覽史籍，觀之前載，厄運之極，古今未有，苟在食土之毛，含氣之類，莫不叩心絕氣，行號巷哭。況臣等荷寵三世，位厠鼎司，承問震惶，精爽飛越，且悲且惋，五情無主，舉哀朔垂，上下泣血。

臣琨臣磾，頓首頓首，死罪死罪。臣聞昬明迭用，否泰相濟，天命未改，歷數有歸，或多難以固邦國，或殷憂以啓聖明。齊有無知之禍，而小白爲五伯之長；晉有驪姬之難，而重耳主諸侯之盟。社稷靡安，必將有以扶其危；黔首幾絕，必將有以繼其緒。伏惟陛下，玄德通於神明，聖姿合於兩儀，應命代之期，紹千載之運。夫符瑞之表，天人有徵，中興之兆，圖讖垂典。自京畿隕喪，九服崩離，天下囂然，無所歸懷，雖有夏之遘夷羿，宗姬之離犬戎，蔑以過之。陛下撫寧江左，奄有舊吳，柔服以德，伐叛以刑，抗明威以攝不類，杖大順以肅宇內。純化既敷，則率土宅心；義風既暢，則遐方企踵。百揆時叙于上，四門穆穆于下。昔少康之隆，夏訓以爲美談；宣王之興，周詩以爲休詠。況茂勳格於皇天，清輝光于四海，蒼生顒然，莫不欣戴。聲教所加，願爲臣妾者哉！且宣皇之胤，惟有陛下，億兆攸歸，曾無與二。天祚大晉，必將有主，主晉祀者，非陛下而誰？是以邇無異言，遠無異望，謳歌者無不吟詠徽猷，獄訟者無不思于聖德，天地之際既交，華裔之情允洽。一角之獸，連

理之木，以爲休徵者，蓋有百數；冠帶之倫，要荒之衆，不謀而同辭者，動以萬計。是以臣等敢考天地之心，因函夏之趣，味死以上尊號。願陛下存舜禹至公之情，狹巢由抗矯之節，以社稷爲務，不以小行爲先，以黔首爲憂，不以克讓爲事。上以慰宗廟乃顧之懷，下以釋普天傾首之望。則所謂生繁華於枯荑，育豐肌於朽骨，神人獲安，無不幸甚。

臣琨臣磾，頓首頓首，死罪死罪。臣聞尊位不可久虛，萬機不可久曠。虛之一日，則尊位以殆；曠之浹辰，則萬機以亂。方今鍾百王之季，當陽九之會，狡寇窺窬，伺國瑕隙，齊人波蕩，無所繫心，安可以廢而不恤哉！陛下雖欲逡巡，其若宗廟何，其若百姓何！昔惠公虜秦，晉國震駭，呂郤之謀，欲立子圉。外以絕敵人之志，內以固闔境之情，故曰喪君有君，群臣輯穆，好我者勸，惡我者懼。前事之不忘，後代之元龜也。陛下明並日月，無幽不燭，深謀遠慮，出自胸懷，不勝犬馬憂國之情，遲覩人神開泰之路。是以陳其乃誠，布之執事。臣等各忝守方任，職在遐外，不得陪列闕庭，共觀盛禮，踊躍之懷，南望罔極。謹上。臣琨謹遣兼左長史右司馬臣温嶠，主簿臣辟閭訓，臣磾遣散騎常侍、征虜將軍、清河太守、領右長史、高平亭侯臣榮劭，輕車將軍關內侯臣郭穆奉表。臣琨臣磾等，頓首頓首，死罪死罪。

【表下】

爲吳令謝詢求爲諸孫置守冢人表一首

張士然

臣聞成湯革夏而封杞，武王入殷而建宋。春秋征伐，則晉脩虞祀，燕祭齊廟。夫一國爲一人興，先賢爲後愚廢，誠仁聖所哀悼而不忍也。故三王敦繼絶之德，春秋貴柔服之義。昔漢高受命，追存六國，凡諸絶祚，一時並祀。親與項羽對爭存亡，逮羽之死，臨哭其喪。將以位嘗侔尊，力嘗均勢，雖功奪其成，而恩與其敗。且暴興疾顛，禮之若舊，殘戮之尸，乃以公葬。若使羽位承前緒，世有哲王，一朝力屈，全身從命，則楚廟不隳，有後可冀。

伏惟大晉，應天順民，武成止戈。西戎有即序之人，京邑開吳蜀之館，興滅加乎萬國，繼絶接于百世。雖三五弘道，商周稱仁，洋洋之義，未足以喻。是以孫氏雖家失吳祚，而族蒙晉榮，子弟量才，比肩進取，懷金侯服，佩青千里，當時受恩，多有過望。臣聞春雨潤木，自葉流根，鴟鴞恤功，愛子及室。故天稱罔極之恩，聖有綢繆之惠。

追惟吳僞武烈皇帝，遭漢室之弱，值亂臣之強，首唱義兵，先衆犯難，破董卓於陽人，濟神器於甄井，威震群狡，名顯往朝。桓王才武，弱冠承業，招百越之士，奮鷹揚之勢，西赴許都，將迎幼主，雖元勳未終，然至忠已著。夫家積義勇之基，世傳扶危之業，進爲徇漢之臣，退爲開吳之主，而蒸嘗絶於三葉，園陵殘於薪采，臣竊悼之。

伏見吳平之初，明詔追録先賢，欲封其墓，愚謂二君並宜應書。故舉勞則力輸先代，論德則惠存江南，正刑則罪非晉寇，從坐則異世已輕。若列先賢之數，蒙詔書之恩，裁加表異，以寵亡靈，則人望克厭，誰不曰宜？二君私奴，多在墓側，今爲平民。乞差五人，蠲其傜役，使四時修護頽毀，掃除塋壟，永以爲常。

讓中書令表一首

庾元規

臣亮言：臣凡庸固陋，少無檢操。昔以中州多故，舊邦喪亂，隨侍先臣，遠庇

有道，爰客逃難，求食而已。不悟徼時之福，遭遇嘉運。先帝龍興，乘異常之顧，既眷同國士，又申之婚姻。遂階親寵，累忝非服。弱冠濯纓，沐浴玄風，頻繁省闥，出總六軍。十餘年間，位超先達，無勞被遇，無與臣比。小人祿薄，福過災生，止足之分，臣所宜守。而偷榮昧進，日爾一日，謗讟既集，上塵聖朝。始欲自聞，而先帝登遐，區區微誠，竟未上達。

陛下踐祚，聖政維新。宰輔賢明，庶寮咸允，康哉之歌，實在至公。而國恩不已，復以臣領中書。臣領中書，則示天下以私矣。何者？臣於陛下，后之兄也。姻婭之嫌，實與骨肉中表不同。雖太上至公，聖德無私，然世之喪道，有自來矣。悠悠六合，皆私其姻者也；人皆有私，則謂天下無公矣。是以前後二漢，咸以抑后黨安，進婚族危。向使西京七族，東京六姓，皆非姻黨，各以平進，縱不悉全，決不盡敗。今之盡敗，更由姻昵。臣歷觀庶姓在世，無黨於朝，無援於時，植根之本，輕也薄也；苟無大瑕，猶或見容。至於外戚，憑託天地，勢連四時，根援扶疎，重矣大矣。而財居權寵，四海側目，事有不允，罪不容誅，身既招殃，國爲之弊，其故何邪？直由婚媾之私，群情之所不能免，故率其所嫌而嫌之於國。是以疏附則信，姻進則疑，疑積於百姓之心，則禍成重闉之內矣。此皆往代成鑒，可爲寒心者也！

夫萬物之所不通，聖賢因而不奪，冒親以求一才之用，未若防嫌以明公道。今以臣之才，兼如此之嫌，而使內處心膂，外揔兵權，以此求治，未之聞也；以此招禍，可立待也。雖陛下二相，明其愚款，朝士百寮，頗識其情，天下之人，何可門到户說，使皆坦然邪！夫富貴寵榮，臣所不能忘也；刑罰貧賤，臣所不能甘也。今恭命則愈，違命則苦。臣雖不達，何事背時違上，自貽患責邪！實仰覽殷鑒，量己知弊，身不足惜，爲國取悔。是以悾悾屢陳丹款，而微誠淺薄，未垂察諒，憂惶屏營，不知所厝。以臣今地，不可以進明矣；且違命已久，臣之罪又積矣。歸骸私門，以待刑書。願陛下垂天地之鑒，察臣之愚，則雖死之日，猶生之年矣。

薦譙元彥表一首

桓元子

臣聞太朴既虧，則高尚之標顯；道喪時昏，則忠貞之義彰。故有洗耳投淵，以振玄邈之風；亦有秉心矯迹，以敦在三之節。是故上代之君，莫不崇重斯軌，所以

篤俗訓民，靜一流競。伏惟大晉，應符御世，運無常通，時有屯蹇。神州丘墟，三方圮裂。兔罝絕響於中林，白駒無聞於空谷。斯有識之所悼心，大雅之所歎息者也。

陛下聖德嗣興，方恢天緒。臣昔奉役，有事西土，鯨鯢既懸，思宣大化。訪諸故老，搜揚潛逸，庶武羅於羿浞之墟，想王蠋於亡齊之境。竊聞巴西譙秀，植操貞固，抱德肥遯，揚清渭波。于時皇極遘道消之會，群黎蹈顛沛之艱，中華有顧瞻之哀，幽谷無遷喬之望。凶命屢招，奸威仍逼，身寄虎吻，危同朝露。而能抗節玉立，誓不降辱，杜門絕迹，不面僞庭，進免龔勝亡身之禍，退無薛方詭對之譏。雖園綺之棲商洛，管寧之默遼海。方之於秀，殆無以過。于今西土，以爲美談。

夫旌德禮賢，化道之所先；崇表殊節，聖喆之上務。方今六合未康，豺豕當路，遺黎偷薄，義聲弗聞，益宜振起道義之徒，以敦流遯之弊。若秀蒙蒲帛之徵，足以鎮靜頹風，軌訓嚻俗，幽遐仰流，九服知化矣。

解尚書表一首

殷仲文

臣聞洪波振壑，川無恬鱗；驚飇拂野，林無靜柯。何者？勢弱則受制於巨力，質微則莫以自保。於理雖可得而言，於臣寔所敢喻。昔桓玄之世，誠復驅迫者衆，至於愚臣，罪實深矣。進不能見危授命，忘身殉國；退不能辭粟首陽，拂衣高謝。遂乃宴安昏寵，叨昧僞封，錫文篡事，曾無獨固。名義以之俱淪，情節自茲兼撓，宜其極法，以判忠邪。鎮軍臣裕，匡復社稷，大弘善貸，佇一戮於微命，申三驅於大信，既惠之以首領，復引之以縶維。于時皇輿否隔，天人未泰，用忘進退，惟力是視。是以僶俛從事，自同全人。今宸極反正，惟新告始，憲章既明，品物思舊。臣亦胡顏之厚，可以顯居榮次？乞解所職，待罪私門。違謝闕庭，乃心愧戀，謹拜表以聞。臣某云云。

爲宋公至洛陽謁五陵表一首

傅季友

臣裕言：近振旅河湄，揚旍西邁，將届舊京，威懷司雍。河流遄疾，道阻且長，加以伊洛榛蕪，津塗久廢，伐木通逕，淹引時月。始以今月十二日，次故洛水浮橋。山川無改，城闕爲墟，宮廟隳頓，鍾簴空列，觀宇之餘，鞠爲禾黍，廛里蕭條，鷄犬罕音，感舊永懷，痛心在目。以其月十五日，奉謁五陵。墳塋幽淪，百年荒翳，天衢

開泰，情禮獲申，故老掩涕，三軍悽感，瞻拜之日，憤慨交集。行河南太守毛脩之等。既開翦荆棘，繕修毀垣，職司既備，蕃衛如舊。伏惟聖懷，遠慕兼慰，不勝下情。謹遣傳詔殿中中郎臣某奉表以聞。

爲宋公求加贈劉前軍表一首

傅季友

臣聞崇賢旌善，王教所先，念功簡勞，義深追遠。故司勳秉策，在勤必記，德之休明，沒而彌著。故尚書左僕射、前軍將軍臣穆之，爰自布衣，協佐義始，內竭謀猷，外勤庶政，密勿軍國，心力俱盡。及登庸朝右，尹司京畿，敷讚百揆，翼新大猷。頃戎車遠役，居中作捍，撫寧之勳，實洽朝野，識量局致，棟幹之器也。方宣讚盛化，緝隆聖世，志績未究，遠邇悼心。皇恩褒述，班同三事，榮哀既備，寵靈已泰。

臣伏思尋：自義熙草創，艱患未弭，外虞既殷，內難亦荐，時屯世故，靡有寧歲。臣以寡劣，負荷國重，實賴穆之匡翼之勳。豈惟讜言嘉謀，溢于民聽。若乃忠規密謨，潛慮帷幕，造膝詭辭，莫見其際。事隔於皇朝，功隱於視聽者，不可勝記。所以陳力一紀，遂克有成，出征入輔，幸不辱命。微夫人之左右，未有寧濟其事者矣。履謙居寡，守之彌固。每議及封爵，輒深自抑絶，所以勳高當年，而茅土弗及。撫事永念，胡寧可昧？謂宜加贈正司，追甄土宇，俾忠貞之烈，不泯於身後；大賚所及，永秩於善人。

臣契闊屯夷，旋觀終始，金蘭之分，義深情感。是以獻其乃懷，布之朝聽。所啓上，合請付外詳議。

爲齊明帝讓宣城郡公第一表一首

任彥昇

臣鸞言：被臺司召，以臣爲侍中、中書監、驃騎大將軍、開府儀同三司、楊州刺史、録尚書事，封宣城郡開國公，食邑三千户，加兵五千人。臣本庸才，智力淺短。太祖高皇帝篤猶子之愛，降家人之慈，世祖武帝情等布衣，寄深同氣，武皇大漸，實奉話言。雖自見之明，庸近所蔽，愚夫一至，偶識量己。實不忍自固於綴衣之辰，拒違於玉几之側。遂荷顧託，導揚末命。雖嗣君棄常，獲罪宣德，王室不造，職臣之由。何者？親則東牟，任惟博陸，徒懷子孟社稷之對，何救昌邑争臣之譏？四海之議，於何逃責？且陵土未乾，訓誓在耳，家國之事，一至於斯，非臣之尤，誰任

其咎？將何以肅拜高寢，虔奉武園？悼心失圖，泣血待旦。寧容復徼榮於家恥，宴安於國危？

驃騎上將之元勳，神州儀刑之列岳，尚書古稱司會，中書實管王言。且虛飾寵章，委成禦侮，臣知不愜，物誰謂宜？但命輕鴻毛，責重山岳，存沒同歸，毀譽一貫，辭一官不減身累，增一職已黷朝經，便當自同體國，不爲飾讓。至於功均一匡，賞同千室，光宅近甸，奄有全邦，殞越爲期，不敢聞命。亦願曲留降鑒，即垂順許，鉅平之懇誠必固，永昌之丹慊獲申。乃知君臣之道，綽有餘裕。苟曰易昭，敢守難奪。故可庶心弘議，酌己親物者矣。不勝荷懼屏營之誠，謹附某官某甲奉表以聞。臣諱誠惶誠恐。

爲范尚書讓吏部封侯第一表一首

任彦昇

臣雲言：被尚書召，以臣爲散騎常侍、吏部尚書，封霄城縣開國侯，食邑千户。奉命震驚，心顏無措，臣雲頓首頓首，死罪死罪。臣素門凡流，輪翮無取，進謝中庸，退慙狂狷。固嘗鑽厲求學，而一經不治；篆刻爲文，而三冬靡就。負書燕魏，空殫菽粟；躡屩齊楚，徒失貧賤。既而分虎出守，以囊被見嗤；持斧作牧，以薏苡興謗。赭衣爲虜，見獄吏之尊；除名爲民，知井臼之逸。百年上壽，既曰徒然。如其誠說，亦以過半。亂離斯瘼，欲以安歸。閉門荒郊，再離寒暑。兼以東皋數畝，控帶朝夕，關外一區，悵望鍾阜。雖室無趙女，而門多好事；禄微賜金，而懽同娛老。折芰燔枯，此焉自足。

陛下應期萬世，接統千祀，三千景附，八百不謀。臣釁等離心，功慙同德，泥首在顏，輿棺未毀。締構草昧，敢叨天功，獄訟謳謌，示民同志。而隆器大名，一朝摠集，顧己反躬，何以臻此？正當以接閈白水，列宅舊豐，忘捨講之尤，存諸公之費，俯拾青紫，豈待明經。

臣雲頓首頓首，死罪死罪。夫銓衡之重，關諸隆替，遠惟則哲，在帝猶難。漢魏已降，達識繼軌，雅俗所歸，惟稱許郭。拔十得五，尚曰比肩。其餘得失未聞，偶察童幼，天機暫發，顧無足筭。在魏則毛玠公方，居晉則山濤識量，以臣況之，一何遼落！齊季陵遲，官方淆亂，鴻都不綱，西園成市，金章有盈筩之談，華貂深不足之

歎。草創惟始，義存改作，恭己南面，責成斯在。豈宜妄加寵私，以乏王事，附蟬之飾，空成寵章。求之公私，授受交失。

近世侯者，功緒參差：或足食關中，或成軍河內，或制勝帷幄，或門人加親，或與時抑揚，或隱若敵國，或策定禁中，或功成野戰，或盛德如卓茂，或師道如桓榮，或四姓侍祠，已無足紀，五侯外戚，且非舊章。而臣之所附，惟在恩澤。既義異疇庸，實榮乖儒者，雖小人貪幸，豈獨無心。

臣本自諸生，家承素業，門無富貴，易農而仕。乃祖玄平，道風秀世，爰在中興，儀刑多士位裁元凱，任止牧伯。高祖少連，夙秉高尚，所富者義，所乏者時，薄宦東朝，謝病下邑。先志不忘，愚臣是庶。且去歲冬初，國學之老博士耳，今茲首夏，將亞冢司，雖千秋之一日九遷，荀爽之十旬遠至，方之微臣，未爲速達。臣雖無識，惟利是視，至於虧名損實，爲國爲身，知其不可，不敢妄冒。

陛下不棄菅蒯，愛同絲麻。儻平生之言，猶在聽覽，宿心素志，無復貳辭，矜臣所乞，特迴寵命，則彝章載穆，微物知免。臣今在假，不容詣省，不任荷懼之至，謹奉表以聞。臣雲誠惶以下。

爲蕭揚州薦士表一首

任彥昇

臣王言：臣聞求賢暫勞，垂拱永逸，方之疏壤，取類導川。伏惟陛下，道隱旒纊，信充符璽，六飛同塵，五讓高世。白駒空谷，振鷺在庭，猶懼隱鱗卜祝，藏器屠保。物色關下，委裘河上，非取製於一狐，諒求味於兼采。五聲倦響，九工是詢，寢議廟堂，借聽輿皁。臣位任隆重，義兼家邦，實欲使名實不違，儌倖路絕，勢門上品，猶當格以清談；英俊下僚，不可限以位貌。

竊見祕書丞琅邪臣王暕，年二十一，字思晦。七葉重光，海內冠冕，神清氣茂，允迪中和，叔寶理遣之談，彥輔名教之樂，故以暉映先達，領袖後進。居無塵雜，家有賜書，辭賦清新，屬言玄遠，室邇人曠，物疏道親。養素丘園，台階虛位。庠序公朝，萬夫傾望。豈徒荀令可想，李公不亡而已哉！

前晉安郡候官令東海王僧孺，年三十五，字僧孺，理尚棲約，思致恬敏。既筆耕爲養，亦傭書成學。至乃集螢映雪，編蒲緝柳。先言往行，人物雅俗，甘泉遺儀，

南宮故事，畫地成圖，抵掌可述。豈直鼷鼠有必對之辯，竹書無落簡之謬。暕坐鎮雅俗，弘益已多；儕孺訪對不休，質疑斯在。並東序之秘寶，瑚璉之茂器。誠言以人廢，而才實世資。臨表悚戰，猶懼未允，不任下情。云云。

爲褚諮議蓁讓代兄襲封表一首

任彥昇

臣蓁言：昨被司徒符，仰稱詔旨，許臣兄賁所請，以臣襲封南康郡公。臣門籍勳蔭，光錫土宇。臣賁世載承家，允膺長德。而深鑒止足，脫屣千乘。遂乃遠謬推恩，近萃庸薄。能以國讓，弘義有歸。匹夫難奪，守以勿貳。昔武始迫家臣之策，陵陽感鮑生之言。張以誠請。丁爲理屈。且先臣以大宗絕緒，命臣出纂傍統，稟承在昔，理絕終天，永惟情事，觸目崩殞。若使賁高延陵之風，臣忘子臧之節，是廢德舉，豈曰能賢？陛下察其丹款，特賜停絕。不然投身草澤，苟遂愚誠耳。不勝丹慊之至，謹詣闕拜表以聞。臣誠惶誠恐以下。

爲范始興作求立太宰碑表一首

任彥昇

臣雲言：原夫存樹風猷，沒著徽烈，既絕故老之口，必資不刊之書。而藏諸名

山，則陵谷遷貿；府之延閣，則青編落簡。然則配天之迹，存乎泗水之上；素王之道，紀於沂川之側。由是崇師之義，擬迹於西河；尊主之情，致之於堯禹。故精廬妄啓，必窮鐫勒之盛；君長一城，亦盡刊刻之美。況乎甄陶周召，孕育伊顏？

故太宰竟陵文宣王臣某，與存與亡，則義刑社稷；嚴天配帝，則周公其人。體國端朝，出藩入守，進思必告之道，退無苟利之專，五教以倫，百揆時序。若夫一言一行，盛德之風；琴書藝業，述作之茂，道非兼濟，事止樂善，亦無得而稱焉。

人之云亡，忽移歲序，鴟鴞東徙，松檟成行。六府臣僚，三藩士女，人蓄油素，家懷鉛筆，瞻彼景山，徒然望慕。昔晉氏初禁立碑，魏舒之亡，亦從班列。而阮略既泯，故首冒嚴科，爲之者竟免刑戮，致之者反蒙嘉歎。至於道被如仁，功參微管，本宜在常均之外。故太宰淵、丞相嶷，親賢並軌，即爲成規。乞依二公前例，賜許刊立。寧容使長想九原，樵蘇罔識其禁；駐驆長陵，輜軒不知所適。

臣里閭孤賤，才無可甄，值齊網之弘，弛賓客之禁，策名委質，忽焉二紀。慮先犬馬，厚恩不荅。而弊帷毀蓋，未蓐螻蟻；珠襦玉匣，遽飾幽泉。陛下弘獎名教，不

隔微物，使臣得駿奔南浦，長號北陵。既曲逢前施，實仰覬後澤。儻驗杜預山頂之言，庶存馬駿必拜之感。臨表悲懼，言不自宣。臣誠惶已下。

昭明文選卷三十九

【上書】

上書秦始皇一首　李斯

臣聞吏議逐客，竊以爲過矣。昔穆公求士，西取由余於戎，東得百里奚於宛，迎蹇叔於宋，來邳豹公孫支於晉。此五子者，不產於秦，穆公用之，并國三十，遂霸西戎。孝公用商鞅之法，移風易俗，民以殷盛，國以富彊，百姓樂用，諸侯親服，獲楚魏之師，舉地千里，至今治彊。惠王用張儀之計，拔三川之地，西并巴蜀，北收上郡，南取漢中，包九夷，制鄢郢，東據成皋之險，割膏腴之壤，遂散六國之從，使之西面事秦，功施到今。昭王得范雎，廢穰侯，逐華陽，彊公室，杜私門，蠶食諸侯，使秦成帝業。此四君者，皆以客之功。由此觀之，客何負於秦哉！向使四君却客而弗納，踈士而弗用，是使國無富利之實，而秦無彊大之名也。

今陛下致昆山之玉，有和隨之寶，垂明月之珠，服太阿之劍，乘纖離之馬，建

翠鳳之旗，樹靈鼉之鼓。此數寶者，秦不生一焉，而陛下悅之，何也？必秦國之所生然後可，則夜光之璧不飾朝廷，犀象之器不爲玩好，而趙衛之女不充後庭，駿良駃騠不實外廐，江南金錫不爲用，西蜀丹青不爲采。所以飾後宮、充下陳、娛心意、悅耳目者，必出於秦然後可，則是宛珠之簪，傅璣之珥，阿縞之衣，錦繡之飾，不進於前；而隨俗雅化，佳冶窈窕，趙女不立於側也。

夫擊甕叩缶，彈箏搏髀，而歌呼嗚嗚快耳者，真秦之聲也；鄭衛桑間韶虞武象者，異國之樂也。今棄叩缶擊甕而就鄭衛，退彈箏而取韶虞，若是者何也？快意當前，適觀而已矣。今取人則不然，不問可否，不論曲直，非秦者去，爲客者逐。然則是所重者在乎色樂珠玉，而所輕者在乎民人也。此非所以跨海內制諸侯之術也。

臣聞地廣者粟多，國大者人衆，兵彊者則士勇。是以太山不讓土壤，故能成其大；河海不擇細流，故能就其深；王者不却衆庶，故能明其德。是以地無四方，民無異國，四時充美，鬼神降福，此五帝三王之所以無敵也。今乃棄黔首以資敵國，

却賓客以業諸侯，使天下之士退而不敢西向，裹足不入秦。此所謂藉寇兵而齎盜粮者也。夫物不產於秦，可寶者多；士不產於秦，願忠者衆。今逐客以資敵國，損民以益讎，內自虛而外樹怨諸侯，求國無危，不可得也。

上書吳王一首

鄒陽

臣聞秦倚曲臺之宮懸衡天下，畫地而人不犯，兵加胡越；至其晚節末路，張耳、陳勝連從兵之據，以叩函谷，咸陽遂危。何則？列郡不相親，萬室不相救也。今胡數涉北河之外，上覆飛鳥，下不見伏兔，鬪城不休，救兵不至，死者相隨，輦車相屬，轉粟流輸，千里不絕。何則？彊趙責於河間，六齊望於惠后。城陽顧於盧博，三淮南之心思墳墓。大王不憂，臣恐救兵之不專，胡馬遂進窺於邯鄲，越水長沙，還舟青陽。雖使梁并淮陽之兵，下淮東，越廣陵，以遏越人之糧；漢亦折西河而下，北守漳水以輔大國；胡亦益進，越亦益深。此臣之所爲大王患也。

臣聞蛟龍驤首奮翼，則浮雲出流，霧雨咸集。聖王底節脩德，則游談之士，歸義思名。今臣盡知畢議，易精極慮，則無國而不可奸；飾固陋之心，則何王之門不可曳長裾乎？然臣所以歷數王之朝，背淮千里而自致者，非惡臣國而樂吳民，竊高下風之行，尤悅大王之義。故願大王無忽，察聽其至。

臣聞鷙鳥累百，不如一鶚。夫全趙之時，武力鼎士，袨服叢臺之下者，一旦成市，不能止幽王之湛患，淮南連山東之俠，死士盈朝，不能還厲王之西也。然則計議不得，雖諸賁不能安其位，亦明矣。故願大王審畫而已。

始孝文皇帝據關入立，寒心銷志，不明求衣。自立天子之後，使東牟朱虛，東褒儀父之後，深割嬰兒王之。壤子王梁代，益以淮陽。卒仆濟北，囚弟於雍者，豈非象新垣等哉！今天子新據先帝之遺業，左規山東，右制關中，變權易勢，大臣難知。大王弗察，臣恐周鼎復起於漢，新垣過計於朝，則我吳遺嗣，不可期於世矣。高皇帝燒棧道，灌章邯，兵不留行，收弊人之倦，東馳函谷，西楚大破。水攻則章邯以亡其城，陸擊則荊王以失其地。此皆國家之不幾者也。願大王熟察之。

獄中上書自明一首

鄒陽

臣聞忠無不報，信不見疑，臣常以爲然，徒虛語耳！昔者荊軻慕燕丹之義，白

虹貫日，太子畏之；衛先生爲秦畫長平之事，太白食昴，昭王疑之。夫精誠變天地，而信不諭兩主，豈不哀哉！今臣盡忠竭誠，畢議願知，左右不明，卒從吏訊，爲世所疑。是使荊軻、衛先生復起，而燕秦不寤也。願大王熟察之。

昔玉人獻寶，楚王誅之；李斯竭忠，胡亥極刑。是以箕子陽狂，接輿避世，恐遭此患。願大王察玉人、李斯之意，而後楚王、胡亥之聽，毋使臣爲箕子、接輿所笑。臣聞比干剖心，子胥鴟夷，臣始不信，乃今知之。願大王熟察，少加憐焉！

語曰：白頭如新，傾蓋如故。何則？知與不知也。故樊於期逃秦之燕，藉荊軻首以奉丹事；王奢去齊之魏，臨城自剄，以却齊而存魏。夫王奢、樊於期非新於齊秦而故於燕魏也，所以去二國，死兩君者，行合於志，而慕義無窮也。是以蘇秦不信於天下，爲燕尾生；白圭戰亡六城，爲魏取中山。何則？誠有以相知也。蘇秦相燕，人惡之於燕王，燕王按劍而怒，食以駃騠；白圭顯於中山，人惡之於魏文侯，文侯投以夜光之璧。何則？兩主二臣，剖心析肝相信，豈移於浮辭哉！

故女無美惡，入宮見妬；士無賢不肖，入朝見嫉。昔者司馬喜臏脚於宋，卒相中山；范雎摺脇折齒於魏，卒爲應侯。此二人者，皆信必然之畫，捐朋黨之私，挾孤獨之交，故不能自免於嫉妬之人也。是以申徒狄蹈雍之河，徐衍負石入海，不容身於世，義不苟取比周於朝，以移主上之心。故百里奚乞食於路，穆公委之以政；甯戚飯牛車下，而桓公任之以國。此二人豈素宦於朝，借譽於左右，然後二主用之哉？感於心，合於意，堅如膠漆，昆弟不能離，豈惑於衆口哉？故偏聽生姦，獨任成亂。昔魯聽季孫之說而逐孔子，宋信子冉之計囚墨翟。夫以孔墨之辯，不能自免於讒諛，而二國以危。何則？衆口鑠金，積毀銷骨。是以秦用戎人由余而霸中國，齊用越人子臧而彊威宣。此二國豈拘於俗，牽於世，繫奇偏之辭哉？公聽並觀，垂明當世。故意合則胡越爲昆弟，由余、子臧是矣；不合則骨肉爲讎敵，朱象、管蔡是矣。今人主誠能用齊秦之明，後宋魯之聽，則五霸不足侔，三王易爲比也。

是以聖王覺悟，捐子之之心，而不悅田常之賢，封比干之後，修孕婦之墓，故功業覆於天下。何則？欲善無厭也。夫晉文公親其讎而彊霸諸侯，齊桓公用其仇而一匡天下。何則？慈仁殷勤，誠嘉於心，此不可以虛辭借也。至夫秦用商鞅之

法，東弱韓魏，立彊天下，而卒車裂之。越用大夫種之謀，禽勁吳而霸中國，遂誅其身。是以孫叔敖三去相而不悔，於陵子仲辭三公爲人灌園。今人主誠能去驕傲之心，懷可報之意，披心腹，見情素，隳肝膽，施德厚，終與之窮達，無愛於士，則桀之猶可使吠堯，而跖之客可使刺由，何況因萬乘之權，假聖王之資乎！然則荊軻湛七族，要離燔妻子，豈足爲大王道哉！

臣聞明月之珠，夜光之璧，以暗投人於道，衆莫不按劍相眄者，何則？無因而至前也。蟠木根柢，輪囷離奇，而爲萬乘器者，何則？以左右先爲之容也。故無因而至前，雖出隋侯之珠，夜光之璧，秪足結怨而不見德；故有人先談，則枯木朽株，樹功而不忘。今天下布衣窮居之士，身在貧賤，雖蒙堯舜之術，挾伊管之辯，懷龍逢比干之意，欲盡忠當世之君，而素無根柢之容，雖竭精神，欲開忠信，輔人主之治，則人主必襲按劍相眄之跡矣。是使布衣之士，不得爲枯木朽株之資也。

是以聖王制世御俗，獨化於陶鈞之上，而不牽乎卑辭之語，不奪乎衆多之口。故秦皇帝任中庶子蒙嘉之言，以信荊軻之說，而匕首竊發；周文獵涇渭，載呂尚而歸，以王天下。秦信左右而亡，周用烏集而王。何則？以其能越拘攣之語，馳域外之義，獨觀於昭曠之道也。今人主沈諂諛之辭，牽於帷墻之制，使不羈之士與牛驥同皂，此鮑焦所以忿於世，而不留富貴之樂也。

臣聞盛飾入朝者，不以私汙義；砥厲名號者，不以利傷行。故里名勝母，曾子不入；邑號朝歌，墨子迴車。今欲使天下恢廓之士，誘於威重之權，脅於位勢之貴，回面汙行，以事諂諛之人，而求親近於左右，則士有伏死堀穴巖藪之中耳，安有盡忠信而趨闕下者哉！

上書諫獵一首

司馬長卿

臣聞物有同類而殊能者，故力稱烏獲，捷言慶忌，勇期賁育。臣之愚暗，竊以爲人誠有之，獸亦宜然。今陛下好凌岨險，射猛獸，卒然遇軼才之獸，駭不存之地，犯屬車之清塵，輿不及還轅，人不暇施功，雖有烏獲逢蒙之伎，力不得用，枯木朽株盡爲難矣。是胡越起於轂下，而羌夷接軫也，豈不殆哉！雖萬全無患，然本非天子所宜近也。

且夫清道而後行，中路而馳，猶時有銜橛之變。而況乎涉豐草，騁丘墟，前有利獸之樂，而內无存變之意，其爲害也，不亦難矣！夫輕萬乘之重不以爲安，而樂出萬有一危之塗以爲娛，臣竊爲陛下不取也。蓋聞明者遠見於未萌，而智者避危於无形，禍固多藏於隱微，而發於人所忽者也。故鄙諺曰：家累千金，坐不垂堂。此言雖小，可以喻大。臣願陛下留意幸察！

上書諫吳王一首

枚叔

臣聞得全者昌，失全者亡。舜無立錐之地，以有天下；禹无十户之聚，以王諸侯。湯武之土不過百里，上不絕三光之明，下不傷百姓之心者，有王術也。故父子之道，天性也。忠臣不避重誅以直諫，則事无遺策，功流萬世。臣乘願披腹心而效愚忠，惟大王少加意念惻怛之心於臣乘言。

夫以一縷之任，係千鈞之重，上懸之无極之高，下垂之不測之淵，雖甚愚之人，猶知哀其將絕也。馬方駭鼓而驚之，係方絕又重鎮之；係絕於天不可復結，墜入深淵難以復出。其出不出，間不容髮。能聽忠臣之言，百舉必脫。必若所欲爲，危於累卵，難於上天；變所欲爲，易於反掌，安於泰山。今欲極天命之上壽，弊无窮之極樂，究萬乘之勢，不出反掌之易，居泰山之安，而欲乘累卵之危，走上天之難，此愚臣之所大惑也。

人性有畏其影而惡其迹，却背而走，迹逾多，影逾疾，不如就陰而止，影滅迹絕。欲人勿聞，莫若勿言；欲人勿知，莫若勿爲。欲湯之滄，一人炊之，百人揚之，無益也，不如絕薪止火而已。不絕之於彼，而救之於此，譬由抱薪而救火也。養由基，楚之善射者也，去楊葉百步，百發百中。楊葉之大，加百中焉，可謂善射矣。然其所止，百步之內耳，比於臣乘，未知操弓持矢也。

福生有基，禍生有胎；納其基，絕其胎，禍何自來？太山之霤穿石，殫極之紌斷幹。水非石之鑽，索非木之鋸，漸靡使之然也。夫銖銖而稱之，至石必差；寸寸而度之，至丈必過。石稱丈量，徑而寡失。夫十圍之木，始生而蘖，足可搔而絕，手可擢而抓，據其未生，先其未形。磨礲砥礪，不見其損，有時而盡。種樹畜養，不見其益，有時而大。積德累行，不知其善，有時而用；弃義背理，不知其惡，有時而

亡。臣願大王熟計而身行之，此百世不易之道也。

上書重諫吳王一首

枚叔

昔秦西舉胡戎之難，北備榆中之關，南距羌莋之塞，東當六國之從。六國乘信陵之藉，明蘇秦之約，厲荊軻之威，并力一心以備秦。然秦卒禽六國，滅其社稷，而并天下，是何也？則地利不同，而民輕重不等也。今漢據全秦之地，兼六國之衆，修戎狄之義，而南朝羌莋，此其與秦，地相什而民相百，大王之所明知也。今夫讒諛之臣爲大王計者，不論骨肉之義，民之輕重，國之大小，以爲吳禍，此臣所以爲大王患也。

夫舉吳兵以訾於漢，譬猶蠅蚋之附群牛，腐肉之齒利劒，鋒接必無事矣。天下聞吳率失職諸侯，願責先帝之遺約，今漢親誅其三公，以謝前過，是大王威加於天下，而功越於湯武也。夫吳有諸侯之位，而富實於天子；有隱匿之名，而居過於中國。夫漢并二十四郡，十七諸侯，方輸錯出，軍行數千里不絕於郊，其珍怪不如山東之府。轉粟西鄉，陸行不絕，水行滿河，不如海陵之倉。脩治上林，雜以離宮，積聚玩好，圈守禽獸，不如長洲之苑。游曲臺，臨上路，不如朝夕之池。深壁高壘，副以關城，不如江淮之險。此臣之所爲大王樂也。

今大王還兵疾歸，尚得十半。不然，漢知吳有吞天下之心，赫然加怒，遣羽林黃頭循江而下，襲大王之都；魯東海絕吳之饟道；梁王飾車騎，習戰射，積粟固守，以偪滎陽，待吳之飢。大王雖欲反都，亦不得已。夫三淮南之計不負其約，齊王殺身以滅其迹，四國不得出兵其郡，趙囚邯鄲，此不可掩，亦已明矣。今大王已去千里之國，而制於十里之內矣。張韓將北地，弓高宿左右，兵不得下壁，軍不得太息，臣竊哀之。願大王熟察焉！

詣建平王上書一首

江文通

昔者賤臣叩心，飛霜擊於燕地；庶女告天，振風襲於齊臺。下官每讀其書，未嘗不廢卷流涕。何者？士有一定之論，女有不易之行，信而見疑，貞而爲戮，是以壯夫義士，伏死而不顧者此也。下官聞仁不可恃，善不可依，謂徒虛語，乃今知之。伏願大王暫停左右，少加憐察。

下官本蓬户桑樞之人，布衣韋帶之士，退不飾詩書以驚愚，進不買名聲於天下。日者，謬得升降承明之闕，出入金華之殿，何常不局影凝嚴，側身扃禁者乎！竊慕大王之義，復爲門下之賓，備鳴盗淺術之餘，豫三五賤伎之末。大王惠以恩光，顧以顔色，實佩荆卿黄金之賜，竊感豫讓國士之分矣。常欲結纓伏劒，少謝萬一，剖心摩踵，以報所天。不圖小人固陋，坐貽謗缺，迹墜昭憲，身恨幽圄，履影弔心，酸鼻痛骨！

下官聞虧名爲辱，虧形次之，是以每一念來，忽若有遺。加以涉旬月，迫季秋，天光沈陰，左右無色。身非木石，與獄吏爲伍。此少卿所以仰天槌心，泣盡而繼之以血也。

下官雖乏鄉曲之譽，然嘗聞君子之行矣。其上則隱於簾肆之間，卧於巖石之下；次則結綬金馬之庭，高議雲臺之上；退則虜南越之君，係單于之頸。俱啓丹册，並圖青史。寧當爭分寸之末，競錐刀之利哉？

下官聞積毁銷金，積讒磨骨，遠則直生取疑於盗金，近則伯魚被名於不義。彼之二子，猶或如是，况在下官，焉能自免？昔上將之恥，絳侯幽獄；名臣之羞，史遷下室。至如下官，當何言哉！夫魯連之智，辭禄而不返；接輿之賢，行歌而忘歸。子陵閉關於東越，仲蔚杜門於西秦。亦良可知也。若使下官事非其虚，罪得其實，亦當鉗口吞舌，伏匕首以殞身，何以見齊魯奇節之人，燕趙悲歌之士乎？

方今聖歷欽明，天下樂業，青雲浮雒，榮光塞河，西洎臨洮狄道，北距飛狐陽原，莫不浸仁沐義，照景飲醴而已。而下官抱痛圓門，含憤獄户，一物之微，有足悲者。仰惟大王少垂明白，則梧丘之魂，不愧於沈首，鵠亭之鬼，無恨於灰骨。不任肝膽之切，敬因執事以聞。

【啓】

奉荅勑示七夕詩啓一首

任彦昇

臣昉啓：奉勑并賜示七夕五韻。竊惟帝迹多緒，俯同不一；託情風什，希世罕工。雖漢在四世，魏稱三祖，寧足以繼想南風，克諧調露。性與天道，事絶稱言，豈其多幸，親逢旦暮。

臣早奉龍潛，與賈馬而入室；晚屬天飛，比嚴徐而待詔。惟君知臣，見於訥言之旨；取求不疵，表於辯才之戲。謹輒牽率庸陋，式訓天獎，拙速雖効，蚩鄙已彰。臨啓慙恧，罔識所寘。謹啓。

爲卞彬謝脩卞忠貞墓啓一首

任彥昇

臣彬啓：伏見詔書，并鄭義泰宣勅，當賜修理臣亡高祖晉故驃騎大將軍建興忠貞公壼墳塋。臣門緒不昌，天道所昧，忠遘身危，孝積家禍，名教同悲，隱淪惆悵。而年世貿遷，孤裔淪塞。遂使碑表蕪滅，丘樹荒毀，狐兔成穴，童牧哀歌。感慨自哀，日月纏迫。

陛下弘宣教義，非求効於方今；壼餘烈不泯，固陳力於異世。但加等之渥，近闕於晉典；樵蘇之刑，遠流於皇代。臣亦何人，敢謝斯幸？不任悲荷之至！謹奉啓事以聞。謹啓。

啓蕭太傅固辭奪禮一首

任彥昇

昉啓：近啓歸訴，庶諒窮款，奉被還旨，未垂哀察，悼心失圖，泣血待旦。君於

品庶，示均鎔造，干祿祈榮，更爲自拔。虧教廢禮，豈關視聽，所不忍言，具陳茲啓。

昉往從末宦，祿不代耕。飢寒無甘旨之資，限役廢晨昏之半。膝下之懽，已同過隙；几筵之慕，幾何可憑。且奠酹不親，如在安寄。晨暮寂寥，闃若無主。所守既無別理，窮咽豈及多喻。

明公功格區宇，感通有塗，若霈然降臨，賜寢嚴命。是知孝治所被，爰至無心；錫類所及，匪徒教養。不任崩迫之情，謹奉啓事陳聞。謹啓。

昭明文選卷四十

【彈事】

奏彈曹景宗一首

任彥昇

御史中丞臣任昉稽首言：臣聞將軍死綏，咫步無却；顧望避敵，逗橈有刑。至乃趙母深識，乞不爲坐；魏主著令，抵罪已輕。是知敗軍之將，身死家戮，爰自古昔，明罰斯在。

臣昉頓首頓首，死罪死罪。竊尋獯獫侵軼，暫擾疆陲，王師薄伐，所向風靡。是以淮徐獻捷，河兗凱歸。東關無一戰之勞，塗中罕千金之費。而司部懸隔，斜臨寇境，故使狡虜憑陵，淹移歲月。故司州刺史蔡道恭，率厲義勇，奮不顧命，全城守死，自冬徂秋，猶有轉戰無窮，亟摧醜虜。方之居延，則陵降而恭守；比之疎勒，則耿存而蔡亡。若使郢部救兵，微接聲援，則單于之首，久懸北闕，豈直受降可築，涉安啓土而已哉！

寔由郢州刺史臣景宗，受命致討，不時言邁，故使蝟結蟻聚，水草有依，方復按甲盤桓，緩救資敵，遂令孤城窮守，力屈凶威。雖然，猶應固守三關，更謀進取，而退師延頸，自貽虧衂，疆埸侵駭，職是之由。不有嚴刑，誅賞安寘，景宗即主。

臣謹案使持節都督郢司二州諸軍事、左將軍、郢州刺史、湘西縣開國侯臣景宗，擢自行間，遘茲多幸，指蹤非擬，獲獸何勤。賞茂通侯，榮高列將，負檐裁弛，鍾鼎遽列，和戎莫効，二八已陳。自頂至踵，功歸造化，潤草塗原，豈獲自已。且道恭云逝，城守累旬；景宗之存，一朝棄甲。生曹死蔡，優劣若是，惟此人斯，有靦面目。

昔漢光命將，坐知千里；魏武置法，案以從事。故能出必以律，錙銖無爽。伏惟聖武英挺，略不世出，料敵制變，萬里無差，奉而行之，實弘廟筭。惟此庸固，理絕言提。

自逆胡縱逸，久患諸夏。聖朝乃顧，將一車書。愍彼司氓，致辱非所。早朝永歎，載懷矜惻。致茲虧喪，何所逃罪？宜正刑書，肅明典憲。臣謹以見事免

景宗所居官，下太常削爵土，收付廷尉法獄治罪。其軍佐職僚、偏裨將帥絓諸應及咎者，別攝治書侍御史隨違續奏。臣謹奉白簡以聞云云。

奏彈劉整一首

任彥昇

御史中丞臣任昉稽首言：臣聞馬援奉嫂，不冠不入；氾毓字孤，家無常子。是以義士節夫，聞之有立，千載美談，斯爲稱首。

臣昉頓首頓首，死罪死罪。謹案齊故西陽内史劉寅妻范，詣臺訴列稱：出適劉氏，二十許年。劉氏喪亡，撫養孤弱，叔郎整，常欲傷害侵奪。分前奴教子、當伯，並已入衆。又以錢婢姊妹弟温，仍留奴自使；伯又奪寅息逡婢緑草，私貨得錢，並不分逡。寅第二庶息師利，去歲十月往整田上經十二日，整便責范米六㪷哺食。米未展送，忽至户前，隔箔攘拳大罵，突進房中，屏風上取車帷準米去。二月九日夜，婢采音偷車欄夾杖龍牽，范問失物之意，整便打息逡。整及母并奴婢等六人來至范屋中，高聲大罵，婢采音舉手查范臂。求攝檢，如訴狀。

輒攝整亡父舊使奴海蛤到臺辯問，列稱：整亡父興道，先爲零陵郡，得奴婢四人。分財，以奴教子乞大息寅。亡寅後，第二弟整仍奪教子，云應入衆，整便留自使，婢姊及弟各准錢五千文，不分逡。其奴當伯，先是衆奴。整兄弟未分財之前，整兄寅以當伯貼錢七千，共衆作田。寅罷西陽郡還，雖未別火食，寅以私錢七千贖當伯，仍使上廣州去。後寅喪亡，整兄弟後分奴婢，唯餘婢緑草入衆。整復云寅未分財贖當伯，又應屬衆。整意貪得當伯，推緑草與逡。整規當伯還，擬欲自取，當伯遂經七年不返。整疑已死亡不迴，更奪取婢緑草，貨得錢七千。整兄弟及姊共分此錢，又不分逡。寅妻范云，當伯是亡夫私贖，應屬息逡。當伯天監二年六月從廣州還至，整復奪取，云應充衆，准雇借上廣州四年夫直，今在整處使。

進責整婢采音劉，整兄寅第二息師利，去年十月十二日忽往整墅停住十二日，整就兄妻范求米六斗哺食。范未得還，整怒，仍自進范所住，屏風上取車帷爲質。范送米六斗，整即納受。范今年二月九日夜，失車欄子夾杖龍牽等，范及息逡道是采音所偷。整聞聲，仍打逡。范喚問何意打我兒？整母子爾時便同出中庭，隔箔與范相罵。婢采音及奴教子、楚玉、法志等四人，于時在整母子左右。整語采

音：其道汝偷車校具，汝何不進裏罵之？既進争口，舉手誤查范臂。車欄夾杖龍牽，實非采音所偷。

進責寅妻范奴苟奴，列孃去二月九日夜，失車欄夾杖龍牽，疑是整婢采音所偷。苟奴與郎逡往津陽門糴米，遇見采音在津陽門賣車欄龍牽，苟奴登時欲捉取，逡語苟奴，已爾，不須復取。苟奴隱僻少時，伺視人買龍牽，售五千錢。苟奴仍隨逡歸宅，不見度錢。

並如采音、苟奴等列狀，粗與范訴相應。重覈當伯、教子，列孃被奪，今在整處使，悉與海蛤列不異。以事訴法，令史潘僧尚議：整若輒略兄子逡分前婢貨賣，及奴教子等私使，若無官令，輒收付近獄測治。諸所連逮絓應洗之源，委之獄官，悉以法制從事。如法所稱，整即主。

臣謹案：新除中軍參軍臣劉整，閭閻闒茸，名教所絕。直以前代外戚，仕因紈袴，惡積釁稔，親舊側目。理絕通問，而妄肆醜辭；終夕不寐，而謬加大杖。薛包分財，取其老弱；高鳳自穢，争訟寡嫂。未見孟嘗之深心，唯斆文通之僞迹。昔人睦

親，衣無常主；整之撫姪，食有故人。何其不能折契鍾庾，而襜帷交質，人之無情，一何至此！實教义所不容，紳冕所共棄。

臣等參議，請以見事免整所除官，輒勒外收付廷尉法獄治罪。諸所連逮應洗之源，委之獄官，悉以法制從事。婢采音不款偷車龍牽，請付獄測實。其宗長及地界職司，初無糾舉，及諸連逮，請不足申盡。臣昉云云，誠惶誠恐以聞。

奏彈王源一首　沈休文

給事黄門侍郎兼御史中丞吴興邑中正臣沈約稽首言：臣聞齊大非偶，著乎前誥；辭霍不婚，垂稱往烈。若乃交二族之和，辨伉合之義，升降窳隆，誠非一揆。固宜本其門素，不相奪倫。使秦晉有匹，涇渭無舛。自宋氏失御，禮教雕衰，衣冠之族，日失其序。姻婭淪雜，罔計廝庶，販鬻祖曾，以爲賈道，明目腆顔，曾無愧畏。若夫盛德之胤，世業可懷，欒郤之家，前徽未遠。既壯而室，竊貲莫非皂隸，結褵以行，箕帚咸失其所。志士聞而傷心，舊老爲之歎息。自宸歷御寓，弘革典憲，雖除舊布新，而斯風未殄。陛下所以負扆興言，思清弊俗者也。

臣實儒品，謬掌天憲，雖埋輪之志，無屈權右；而狐鼠微物，亦蠹大猷。風聞東海王源，嫁女與富陽滿氏。源雖人品庸陋，冑實參華。曾祖雅，位登八命；祖少卿，内侍帷幄；父璿，升采儲闈，亦居清顯。源頻叨諸府戎禁，豫班通徹。而託姻結好，唯利是求，玷辱流輩，莫斯爲甚。源人身在遠，輒攝媒人劉嗣之到臺辯問。嗣之列稱：吴郡滿璋之，相承云是高平舊族，寵奮胤冑，家計温足，見託爲息鸞覓婚。王源見告窮盡，即索璋之簿閥，見璋之任王國侍郎，鸞又爲王慈吴郡正閤主簿，源父子因共詳議，判與爲婚。璋之下錢五萬，以爲聘禮。源先喪婦，又以所聘餘直納妾。如其所列，則與風聞符同。

竊尋璋之姓族，士庶莫辨。滿奮身殞西朝，胤嗣殄沒，武秋之後，無聞東晉，其爲虚託，不言自顯。王滿連姻，寔駭物聽，潘楊之睦，有異於此。且買妾納媵，因聘爲資，施衿之費，化充牀第，鄙情贅行，造次以之。糾慝繩違，允兹簡裁。源即主。

臣謹案：南郡丞王源，忝藉世資，得參纓冕，同人者貌，異人者心，以彼行媒，同之抱布。且非我族類，往哲格言；薰蕕不雜，聞之前典。豈有六卿之冑，納女於管庫之人；宋子河魴，同穴於輿臺之鬼。高門降衡，雖自己作；蔑祖辱親，於事爲甚。此風弗剪，其源遂開，點世塵家，將被比屋。宜寘以明科，黜之流伍。使已汚之族，永愧於昔辰；方媾之黨，革心於來日。

臣等參議，請以見事免源所居官，禁錮終身，輒下禁止視事如故。源官品應黄紙，臣輒奉白簡以聞。臣約誠惶誠恐，云云。

【牋】

荅臨淄侯牋一首

楊德祖

脩死罪死罪。不侍數日，若彌年載。豈由愛顧之隆，使係仰之情深邪！損辱嘉命，蔚矣其文，誦讀反覆，雖諷雅頌，不復過此。若仲宣之擅漢表，陳氏之跨冀域，徐劉之顯青豫，應生之發魏國，斯皆然矣。至於脩者，聽采風聲，仰德不暇，自周章於省覽，何遑高視哉？

伏惟君侯，少長貴盛，體發旦之資，有聖善之教。遠近觀者，徒謂能宣昭懿德，光贊大業而已；不復謂能兼覽傳記，留思文章。今乃含王超陳，度越數子矣。觀者

駭視而拭目，聽者傾首而竦耳。非夫體通性達，受之自然，其孰能至於此乎？又嘗親見執事，握牘持筆，有所造作，若成誦在心，借書於手，曾不斯須少留思慮。仲尼日月，無得踰焉，脩之仰望，殆如此矣。是以對鶡而辭，作暑賦彌日而不獻，見西施之容，歸增其貌者也。

伏想執事，不知其然，猥受顧錫，教使刊定。春秋之成，莫能損益；《呂氏》《淮南》，字直千金。然而弟子箝口，市人拱手者，聖賢卓犖，固所以殊絶凡庸也。今之賦頌，古詩之流，不更孔公，風雅無別耳。脩家子雲，老不曉事，強著一書，悔其少作。若此仲山周旦之儔，爲皆有諐邪！君侯忘聖賢之顯迹，述鄙宗之過言，竊以爲未之思也。

若乃不忘經國之大美，流千載之英聲，銘功景鍾，書名竹帛，斯自雅量，素所畜也，豈與文章相妨害哉？輒受所惠，竊備矇瞍誦詠而已，敢望惠施以忝莊氏？季緒瑣瑣，何足以云。反荅造次，不能宣備。脩死罪死罪。

與魏文帝牋一首

繁休伯

正月八日壬寅，領主簿繁欽，死罪死罪。近屢奉牋，不足自宣。頃諸鼓吹，廣求異妓，時都尉薛訪車子，年始十四，能喉囀引聲，與笳同音。白上呈見，果如其言。即日故共觀試，乃知天壤之所生，誠有自然之妙物也。潛氣內轉，哀音外激，大不抗越，細不幽散，聲悲舊笳，曲美常均。及與黃門鼓吹溫胡，迭唱迭和，喉所發音，無不響應，曲折沈浮，尋變入節。自初呈試，中間二旬，胡欲傲其所不知，尚之以一曲，巧竭意匱，既已不能。而此孺子遺聲抑揚，不可勝窮，優遊轉化，餘弄未盡；暨其清激悲吟，雜以怨慕，詠北狄之遐征，奏胡馬之長思，悽入肝脾，哀感頑豔。是時日在西隅，涼風拂衽，背山臨谿，流泉東逝。同坐仰嘆，觀者俯聽，莫不泫泣殞涕，悲懷慷慨。自左騏史妠，謇姐名倡，能識以來，耳目所見，僉曰詭異，未之聞也。

竊惟聖體，兼愛好奇；是以因牋，先白委曲。伏想御聞，必含餘懽。冀事速訖，旋侍光塵，寓目階庭，與聽斯調，宴喜之樂，蓋亦無量。欽死罪死罪。

荅東阿王牋一首

陳孔璋

琳死罪死罪。昨加恩辱命，并示龜賦，披覽粲然。君侯體高世之才，秉青蓱干將之器，拂鐘無聲，應機立斷。此乃天然異稟，非鑽仰者所庶幾也。音義既遠，清辭妙句，焱絕煥炳，譬猶飛兔流星，超山越海，龍驥所不敢追；況於駑馬，可得齊足？夫聽白雪之音，觀綠水之節，然後東野巴人，蚩鄙益著，載懽載笑，欲罷不能。謹韞櫝玩耽，以爲吟頌。琳死罪死罪。

荅魏太子牋一首

吳季重

二月八日庚寅，臣質言：奉讀手命，追亡慮存，恩哀之隆，形於文墨。日月冉冉，歲不我與。昔侍左右，厠坐衆賢，出有微行之遊，入有管絃之懽，置酒樂飲，賦詩稱壽。自謂可終始相保，並騁材力，効節明主。何意數年之間，死喪略盡。臣獨何德，以堪久長？

陳徐劉應，才學所著，誠如來命，惜其不遂，可爲痛切。凡此數字，於雍容侍從，實其人也。若乃邊境有虞，群下鼎沸，軍書輻至，羽檄交馳，於彼諸賢，非其任也。往者孝武之世，文章爲盛，若東方朔、枚皐之徒，不能持論，即阮陳之儔也。其唯嚴助壽王。與聞政事，然皆不慎其身，善謀於國，卒以敗亡，臣竊恥之。至於司馬長卿稱疾避事，以著書爲務，則徐生庶幾焉。而今各逝，已爲異物矣。後來君子，實可畏也。

伏惟所天，優游典籍之場，休息篇章之囿，發言抗論，窮理盡微，摛藻下筆，鸞龍之文奮矣。雖年齊蕭王，才實百之。此衆議所以歸高，遠近所以同聲。然年歲若墜，今質已四十二矣，白髮生鬢，所慮日深，實不復若平日之時也。但欲保身勑行，不蹈有過之地，以爲知己之累耳。遊宴之歡，難可再遇；盛年一過，實不可追。臣幸得下愚之才，值風雲之會，時邁齒載猶欲觸匈奮首，展其割裂之用也，不勝慺慺。以來命備悉，故略陳至情。質死罪死罪。

在元城與魏太子牋一首

吳季重

臣質言：前蒙延納，侍宴終日，燿靈匿景，繼以華燈。雖虞卿適趙，平原入秦，受贈千金，浮觴旬日，無以過也。小器易盈，先取沈頓，醒寤之後，不識所言。即以

五日到官。

初至承前，未知深淺。然觀地形，察土宜。西帶常山，連岡平代；北鄰栢人，乃高帝之所忌也。重以泜水，漸漬疆宇，喟然歎息：思淮陰之奇譎，亮成安之失策；南望邯鄲，想廉藺之風；東接鉅鹿，存李齊之流。都人士女，服習禮教，皆懷慷慨之節，包左車之計。而質闇弱，無以莅之。若乃邁德種恩，樹之風聲，使農夫逸豫於疆畔，女工吟詠於機杼，固非質之所能也。至於奉遵科教，班揚明令，下無威福之吏，邑無豪俠之傑，賦事行刑，資於故實，抑亦懍懍有庶幾之心。

往者嚴助釋承明之懽，受會稽之位；壽王去侍從之娛，統東郡之任。其後皆克復舊職，追尋前軌。今獨不然，不亦異乎？張敞在外，自謂無奇；陳咸憤積，思入京城。彼豈虛談夸論，誑燿世俗哉？斯實薄郡守之榮，顯左右之勤也。古今一揆，先後不貿，焉知來者之不如今？聊以當覲，不敢多云。質死罪死罪。

爲鄭沖勸晉王牋一首

阮嗣宗

沖等死罪。伏見嘉命顯至，竊聞明公固讓，沖等眷眷，實有愚心，以爲聖王作制，百代同風，褒德賞功，有自來矣。昔伊尹、有莘氏之媵臣耳，一佐成湯，遂荷阿衡之號；周公藉已成之勢，據既安之業，光宅曲阜，奄有龜蒙；呂尚磻溪之漁者，一朝指麾，乃封營丘。自是以來，功薄而賞厚者，不可勝數。然賢哲之士，猶以爲美談。況自先相國以來，世有明德，翼輔魏室，以綏天下，朝無闕政，民無謗言。前者，明公西征靈州，北臨沙漠，榆中以西，望風震服，羌戎東馳，迴首內向。東誅叛逆，全軍獨尅，禽闔閭之將，斬輕銳之卒，以萬萬計，威加南海，名懾三越。宇內康寧，苛慝不作。是以殊俗畏威，東夷獻舞。

故聖上覽乃昔以來禮典舊章，開國光宅，顯茲太原。明公宜承聖旨，受茲介福，允當天人。元功盛勳，光光如彼；國土嘉祚，巍巍如此。內外協同，靡愆靡違。由斯征伐，則可朝服濟江，掃除吳會；西塞江源，望祀岷山。迴戈弭節，以麾天下，遠無不服，邇無不肅。今大魏之德，光于唐虞；明公盛勳，超於桓文。然後臨滄州而謝支伯，登箕山而揖許由，豈不盛乎！至公至平，誰與爲鄰？何必勤勤小讓也哉！沖等不通大體，敢以陳聞。

拜中軍記室辭隋王牋一首

謝玄暉

故吏文學謝朓死罪死罪。即日被尚書召，以朓補中軍新安王記室參軍。朓聞潢汙之水，願朝宗而每竭；駑蹇之乘，希沃若而中疲。何則？皐壤搖落，對之惆悵；歧路西東，或以歔唈。況廼服義徒擁，歸志莫從，邈若墜雨，翩似秋蔕。朓實庸流，行能無筭。屬天地休明，山川受納，褒采一介，抽揚小善，故捨耒場圃，奉筆兔園。東亂三江，西浮七澤，契闊戎旃，從容讌語。長裾日曳，後乘載脂；榮立府庭，恩加顏色。沐髮晞陽，未測涯涘；撫臆論報，早誓肌骨。不悟滄溟未運，波臣自蕩；渤澥方春，旅翮先謝。清切藩房，寂寥舊蓽，輕舟反溯，弔影獨留。白雲在天，龍門不見，去德滋永，思德滋深。唯待青江可望，候歸艎於春渚；朱邸方開，効蓬心於秋實。如其簪履或存，衽席無改，雖復身填溝壑，猶望妻子知歸。攬涕告辭，悲來橫集，不任犬馬之誠。

到大司馬記室牋一首

任彥昇

記室參軍事任昉，死罪死罪。伏承以今月令辰，肅膺典策。德顯功高，光副四

海，含生之倫，庇身有地。況昉受教君子，將二十年，咳唾爲恩，眄睞成飾，小人懷惠，顧知死所。昔承嘉宴，屬有緒言，提挈之旨，形乎善謔，豈謂多幸，斯言不渝。雖情謬先覺，而迹淪驕餌，湯沐具而非弔，大廈構而相賀。

明公道冠二儀，勳超遂古，將使伊周奉轡，桓文扶轂，神功無紀，作物何稱？府朝初建，俊賢翹首；惟此魚目，唐突璵璠。顧己循涯，寔知塵忝，千載一逢，再造難荅；雖則殞越，且知非報。不勝荷戴屏營之情，謹詣廳奉白牋謝聞，昉死罪死罪。

百辟勸進今上牋一首

任彥昇

近以朝命蘊策，冒奏丹誠，奉被還命，未蒙虛受，搢紳顒顒，深所未達。蓋聞受金於府，通人之弘致；高蹈海隅，匹夫之小節。是以履乘石而周公不以爲疑，增玉璜而太公不以爲讓。況世哲繼軌，先德在民；經綸草昧，歎深微管。加以朱方之役，荊河是依，班師振旅，大造王室。雖累繭救宋，重胝存楚。

居今觀古，曾何足云？而惑甚盜鍾，功疑不賞，皇天后土，不勝其酷。是以玉

馬駿犇，表微子之去；金版出地，告龍逄之怨。明公據鞍輟哭，厲三軍之志；獨居掩涕，激義士之心。故能使海若登祗，罄圖效祉；山戎孤竹，束馬景從。伐罪弔民，一匡靖亂，匪叨天功，實勤濡足。且明公本自諸生，取樂名教，道風素論，坐鎮雅俗，不習孫吳，遘茲神武。驅盡誅之氓，濟必封之俗，龜玉不毀，誰之功歟？獨爲君子，將使伊周何地？某等不達通變，實有愚誠，不任悾款，悉心重謁。伏願時膺典冊，式副民望。

【奏記】

詣蔣公一首

阮嗣宗

籍死罪死罪。伏惟明公，以含一之德，據上台之位，群英翹首，俊賢抗足，開府之日，人人自以爲掾屬，辟書始下，下走爲首。子夏處西河之上，而文侯擁篲；鄒子居黍谷之陰，而昭王陪乘。夫布衣窮居韋帶之士，王公大人所以屈體而下之者，爲道存也。籍無鄒卜之德而有其陋，猥見採擢，無以稱當。方將耕於東皋之陽，輸黍稷之稅，以避當塗者之路。負薪疲病，足力不強。補吏之召，非所克堪。乞迴謬恩，以光清舉。